Angelika Weimer

fantastisch logisch

Impressum

© Zodiac Verlag © Angelika Weimer

2024
Deutsche Ausgabe

Bibliografische Information der Deutschen Nationalbibliothek:

Die Deutsche Nationalbibliothek verzeichnet diese Publikation in der Deutschen Nationalbibliografie; detaillierte bibliografische Daten sind im Internet über http://dnb.d-nb.de abrufbar.

Created by Zodiac Verlag
Coverbild: Acryl, Angelika Weimer
Lektorat / Layout: Simone Weber

ISBN: 978-3-911085-26-7

Zodiac Verlag
Brandenburgstraße 39
63456 Hanau
www.Zodiac-Verlag.de

Angelika Weimer

fantastisch logisch

Inhaltsverzeichnis:

ZUGZWANG

AUF DEM RÜCKEN
DER MEISE
DAS FLIEGEN PROBIERT
ZWISCHEN SEEROSEN
NACH SELTENEN
WÖRTERN GETAUCHT
MIT BLOßEN HÄNDEN
DIE STERNE BERÜHRT
FAHRTWIND
BAUSCHT
MEIN HAAR

ZUGTWANG
ZUG DER VÖGEL
GEN SÜDEN

DIE MEISE BLEIBT

Das Nest

Es schwirren Gedanken wie Vögel im Kopf. Rechts herum, links herum. Das Nest im Auge lassen sie sich fallen, mitten hinein und streiten um den besten Platz.

Anstatt sich gemeinsam einzustimmen, nur Gezeter, das in den Ohren schmerzt und hinter der Stirn. Und immer kommen neue dazu. Das Nest ist voll. Pardon.

Oh, ein Himmelszeichen. Wie eine Sternschnuppe lässt sich ein Stück Papier vom Himmel fallen, direkt vor meine Füße.

Problemlösungen aller Art, ohne Termin, sofort. Dr. Piepowski.

Seine Praxis: In einem Innenhof gelegen, umgeben von trostlosen Häusern, deren leere Blumenkästen von verwitterten Fensterbänken auf Sperrmüll starren. Die Scheiben der Fenster sind blind, ihre Vorhänge schwer und staubig. Eine Wäscheleine trägt Klammern. Sonst nichts.

Eine Lichtschneise rutscht vom Dach und erhellt den Hinweis. Vorsicht Stufen.

Vier Stufen führen hoch zur Eingangstür der Praxis. Auf Stufenmaß gefaltete Putzlappen entlassen kleine Staubwölkchen unter meinen Schuhen, nach rechts und nach links. Oben angekommen, lehne ich mein Ohr an die Holztür und lausche und höre ein Piepen. Piep und Stille.

Umkehren oder nicht? Der metallisch glänzende Türgriff in meiner Hand sieht neu aus und sitzt wie ein Fremdkörper auf der maroden Tür, in der sich die Holzwürmer eingerichtet haben.

Die Tür ist von außen schwer zu öffnen. Ob sich jemand von innen dagegenstemmt? Ein Irrtum. Mit erstaunlicher Leichtigkeit fällt sie hinter mir ins Schloss und ich schaue in den Raum, in dem vier Stufen abwärts führen, auf denen ein rostbrauner Läufer liegt, der sich den staubigen Putzlappen von draußen angeschlossen hat. Der Läufer durchquert den ganzen Raum und kriecht unter dem Spalt einer geschlossenen Tür hindurch, durch den der schwache Schein eines Lichts schimmert.

Die einzige Lichtquelle hier ist eine Kerze. Sie steht in der Mitte eines Tisches, der drei Beine hat und von zwei gerade gewachsenen Gummibäumen in die Mitte genommen wird. Während das flackernde Kerzenlicht den dunkelblauen Lilien der Tapete ein gespenstisches Eigenleben verschafft, ist das Blatt Papier auf dem Tisch deutlich zu erkennen. Ich laufe darauf zu, was ich äußerst vorsichtig tue, da die Holzdielen trotz des Läufers unter meinen Schritten ein Riesenspektakel machen, was keinen zu stören scheint. Es lässt sich niemand blicken.

Das Blatt Papier ist ein Fragebogen, daneben ein Bleistift, der Gott sei Dank am Ende einen Radiergummi hat.

Fragen sollen beantwortet werden. Nur ankreuzen in leeren Kreisen, die paarweise am rechten Rand von oben nach unten gehen. Ja oder nein. Ganz einfach.

Bei jedem Kreuz, das ich mache, streiten die Vögel in meinem Nest.

Das ist unerträglich.

Als ich fertig bin damit, hören sie auf, und in diese momentane Stille hinein ist ein Geräusch zu hören, so, als stürze eine volle Eistüte kopfüber aus der Hand auf den Boden. Platsch.

Ich kenne das. Wie auf Kommando, in vollkommener Einigkeit halten die Vögel ihre Hintern über den Nestrand und machen. Platsch.

Das Platsch scheint ein Türöffner zu sein.

Vor dem Hintergrund der grellen Zimmerbeleuchtung steht Piepowski, eine Lichtgestalt im weißen Kittel, mit hilfreich ausgestreckten Armen und lächelt mich freundlich an.

Seinem fast kahlen Schädel, der wie die geölte Hälfte einer Melone glänzt, entspringt ein mickriges Bündel Haare, das am Hinterkopf gebündelt, mit einem Gummiband zusammengehalten wird. In dem, o Gott, eine Feder steckt, die von einem Raubvogel zu stammen scheint.

Dass beim Anblick dieser Feder im Nest schlagartig Stille eintritt, wundert mich nicht.

Piepowskis Hände sind magisch.

Es zieht mich, wie an Schnüren gezogen in das Zimmer hinein, vorbei an seiner rechten Hand, deren Daumen auf dem Zeigefinger kreist, was ich irrtümlich als Aufforderung sehe, meinen Fragebogen in dieses sinnlose Gekreise zu schieben, während seine linke

Hand meinem Ärmel packt und mich vor einen Stuhl zieht.

Setzen.

Die Nachgiebigkeit des stabil aussehenden Stuhls überrascht. Mein Gesäß stürzt in die Tiefe und mit dem Sturz wächst der Schreibtisch. Göttlich.

Was ich aus dieser Perspektive sehe? Einen Vogelkäfig auf der rechten Seite des Schreibtisches, auf dessen Stange ein rabenschwarzer Vogel schaukelt, während links ein Glas mit Sonnenblumenkernen gefüllt auf ein verwöhntes Federvieh hinzudeuten scheint, aus dessen geöffnetem Schnabel nichts Eindeutiges kommt.

Piepowskis Stimme: »Sie haben ein Problem. Unablässig kreisen Gedanken in ihrem Kopf und malträtieren sie Tag und Nacht. Sie können nicht schlafen, können das unkontrollierte Zucken der Augenlider und Mundwinkel nicht verhindern. Die roten Schlangenlinien unter den geschriebenen Wörtern haben scharfe Zähne. Sie beißen und beißen, bis aus den Fingerspitzen das Blut fließt, die Tastatur verklebt und den Text zerstört. Die ständige Bevormundung durch diesen roten Wurm erwecke den Wunsch, auf ihn zu schießen, sagen sie. Und weiter. Sie schreiben, täglich, zwanghaft, hetzen wie ein wild gewordener Vogelfänger über das Feld, auf der Suche nach dem richtigen Satz. Ihre Träume sind Albträume. Sie stehen vor den Zuhörern und haben ihren Text vergessen, müssen sich ducken vor fliegenden Tomaten, und während sie unter dem Lesepult kauern, hören sie Mozarts Musik und zwischendrin die Toilettenspülung, und sie suchen den Aus-Knopf vergebens.«

Piepowskis Angebot: Hypnose.

Ich spüre, wie das mir Zugedachte auf meinen Schoß springt, mich besetzt, wie ein übergewichtiger Kater, dessen Absicht nur ein Ziel hat. Mein Nest.

Piepowskis Hand legt sich über meine Augen. Seine Stimme flüstert. »Alles ist leicht und unbeschwert. Eins geworden mit dem Kater auf ihrem Schoß, stimmen sie ein in sein weltabgewandtes Schnurren. Ihr Atem fließt im gleichen Rhythmus, wie sich sein Körper hebt und senkt. Sie schauen von außen in das eigene

Nest und sehen den Kopf eines schlafenden Vogels, aus dessen Maul das Hinterteil eines roten Wurms hängt.«

Das hilflose Gekrächze aus dem Käfig reißt mich aus diesem friedlichen Bild. Ist die Sitzung beendet? Ich öffne die Augen und sehe Piepowski, der mit dem Federkiel die Schale eines Sonnenblumenkerns aus den Zähnen holt. »Gratulation. Sie haben bestanden.«

Ist mein Problem gelöst?

Das Couvert in meiner Hand wird es zeigen.

Der Inhalt? Die Rechnung und eine Empfehlung. Werfen Sie die vielen Vögel aus ihrem Nest. Fangen Sie einfach von vorne an. Mit nur einem Vogel.

Unterschrift: Piepowski.

Unter seinem Namen schlängelt sich ein roter Wurm.

DURCHSICHTIG

LUFTGEWEBT

STAUBKORNLEICHT

VOM
SEIDENEN
FADEN
STÜRZT
DAS
WORT
KLANGLOS

IN DICHTES GRAS

Herr und Frau Pelzig

Nichts war vorhersehbar. Es hatte sich einfach so ergeben.

Die äußeren Verhältnisse für diese Begebenheit waren ausgezeichnet. Der Himmel war blau, das Meer ruhig, bis auf eine entfernte Stelle, an der das Meer in Aufruhr war.

Das Wechselspiel von kleinen Fontänen an dieser Stelle, die in die Höhe schossen, mit kurzen Ruhepausen dazwischen, war seltsam, da, von Weitem betrachtet, das restliche Meer im Tiefschlaf war, was so nicht stimmte. Aus den Turbulenzen des Wassers kamen Laute, die keinen Sinn ergaben. Sie einem Meerestier zuordnen zu wollen, wäre sehr gewagt. Kein Tier ruft ein »Ah« oder »Ha«.

Der Himmel sah zu, auch die Möwe, die sehr interessiert an dem Spektakel war. Unermüdlich zog sie ihre Kreise, obwohl nichts Fressbares zu holen war. Dass die Schmetterlinge auf der Badekappe aus Gummi waren, sah sie sofort.

Aus der Vogelperspektive betrachtet, war das Spektakel absehbar. Das Emporschießen der Fontänen verlor an Kraft, auch das Rudern der muskulösen Arme erlahmte, dem »Ha« oder »Ah«, ging die Puste aus, die Schmetterlinge auf der Badekappe tauchten immer seltener auf. Nur ein paar kleine Bläschen ließen sich Zeit, sie schwammen im Kreis, als sei nichts geschehen.

Doch das Finale hatte eine Überraschung parat. Zum letzten Mal schoss eine Faust wütend aus dem Wasser. Wem drohte sie? Dem Himmel, der tatenlos zusah? Der Möwe, der das Spektakel gefiel? Oder drohte sie ihm, Hans-Joachim, den sie Hansel rief?

Der Strand zu diesem Meeresabschnitt ist leer, bis auf ihn, bis auf zwei ausgebreitete Strandlaken, von denen das blaue seines ist. Der Sand darunter ist warm, samtig, nachgiebig, wie er. Entspannt auf dem Rücken liegend, mit weit von sich gestreckten Armen, schaut er in den Himmel, der strahlend blau ist, bis auf eine einzige Wolke. Die ist weiß.

Eine leichte Meeresbrise fährt in sein dünnes braunes Haar und zerstört die exakte Linie

seines Scheitels. Seine Wimpern, die außergewöhnlich dicht und lang sind, zittern leicht, als
er sich aufsetzt und seine Blicke über das Meer
schweifen lässt.

Was er sieht, beruhigt ihn. Es sind die unauf-
geregten Bewegungen des Wassers, sonst
nichts. Mit liebevollen Handbewegungen
glättet er den aufgewühlten Sand um das
Strandlaken herum. Aus einer unerwarteten
Laune heraus, als führe ihm jemand den Zeigefinger, zeichnet er zwei Buchstaben in diese
glatte Oberfläche. Ein H und ein G.

»Was bedeutet H G?«

Er erschrickt. Die Stimme hinter seinem
Rücken hatte sich lautlos angeschlichen. Um
der fragenden Stimme Nachdruck zu verleihen,
bohrt sich die Spitze eines Schuhs in seinen
Rücken. Er dreht sich um. Er tut dies
vorsichtig, misstrauisch, wie immer. Er ist
überrascht, die Stimme einer erwachsenen Frau
zuzuordnen war falsch.

Er schätzt das Mädchen auf Zwölf. Die Füße
ihrer stämmigen Beine stecken in grünen
Sandalen, die mit hellblauen Schmetterlingen
verziert sind. Von ihrem Gesicht ist nicht viel

zu sehen. Der Schatten ihres breitkrempigen Sonnenhutes gibt nur ihren Mund frei, aus dem sich der Klumpen eines Kaugummis schiebt. An der Krempe ihres Hutes baumeln zahlreiche Muscheln und Schneckengehäuse, die bei jeder Bewegung ihres Kopfes klirrend gegeneinander stoßen. Mit schlürfenden Geräuschen saugt sie mit einem Strohhalm den Rest einer Limonade aus der Flasche.

Er sagte nichts, als sie die leere Flasche in das Meer wirft, wo sie sich schnell mit Wasser füllt und sinkt. Er sagte nichts, als sie sich ungefragt auf das zweite Strandlaken fallen lässt. Die übergroßen Gläser ihrer Sonnenbrille starren ihn an. Was sich hinter diesen Gläsern verbirgt, interessiert ihn nicht. Ihm genügt, was er sieht. Was sich darin spiegelt, ist ein Stück Himmel und sein eigenes Gesicht.

»Was heißt H G?« Der drohende Unterton in ihrer Stimme war nicht zu überhören und er dachte, die schnellste Art sie loszuwerden, ist die Antwort. »H wie Hans und G wie Glückspilz«, sagte er. Eine kurze Stille entstand, die von einem heftigen Lachkrampf abgelöst wurde, der nicht aufhören wollte.

Am Ende dieser stimmlichen Turbulenzen sagt sie den Satz: »Hans Glückspilz, kein Schwein heißt so.«

Es war nicht die Sonne, die am Himmel stand, es war dieser unbarmherzige Satz, der ihn an sie erinnerte und seinen Körper mit heißen Wellen durchzog. Um sich zu beruhigen, konzentrierte er sich auf das Meer, weil das friedliche Plätschern des Wassers hilfreich ist.

»Verschwinde«, schrie eine innere Stimme, die es nicht nach draußen schaffte.

Er war überrascht, dass es in Erfüllung ging. Das Mädchen erhob sich von dem Laken, das nicht ihres war, ohne zu vergessen, den Sand aus ihren Sandalen auf sein Laken rieseln zu lassen. Ihr schadenfrohes Grinsen war unverschämt, es saß wie fest gemeißelt in ihrem Gesicht und als sie sich noch einmal nach ihm umdrehte, war es noch immer da.

Ihr ausgestreckter Arm deutete auf das Meer. Was gab es zu sehen? Nichts. Nur, den Himmel, der sich im ruhigen Wasser spiegelte und die weiße Wolke, die aussah wie ein flüchtendes Schaf.

»Wir reisen ab«, sagte er zu der Frau an der Rezeption. Ja, er sagte: »Wir.« Er freut sich über die Festigkeit seiner Stimme, über seine Hände, die ruhig auf dem Tresen liegen und auf zwei Reisepässe warten.

Nachdem die Frau den Namen Bettina und Hans-Joachim Pelzig ein Häkchen verpasst hat, klappt sie mit Schwung das Anmeldebuch zu. Das laute Geräusch ließ ihn zusammenfahren. Es war eine alte Angewohnheit, dass sich sein Kopf zwischen den Schultern verstecken wollte, was Gott sei Dank nicht sichtbar war.

Ein aufrechter Gang ist wichtig, hatte seine Mutter gesagt und zur Korrektur den Stil ihres Besens auf seine Wirbelsäule gepresst. Dass ein Tanzkurs nicht die Lösung war, behielt er für sich.

Dort war Bettina. Als der Tanzlehrer in die Hände klatschte, um die Damenwahl auszurufen, nahm alles seinen Lauf. Zielstrebig war Bettina auf ihn zu geschritten, hatte seine feuchte Hand ergriffen und ihn mit energischen Schritten über die Tanzfläche geschoben und dabei von Schicksal, Vorsehung gesprochen.

Seine Mutter hatte es Topf und Deckel genannt. Was er damals nicht verstand.

Auf dem Tresen der Rezeption steht ein verblühter Tulpenstrauß.

Seine Stängel, an die sich die vertrockneten Blüten klammern, hängen schlaff über dem Rand der Vase, in dessen trüben Wasser hilflos eine Fliege treibt.

Es ist nicht die Fliege, die seine Erinnerung beflügelt, es sind die Tulpen.

Vor seinem inneren Auge steht ein bestimmter Tulpenstrauß. Seine Blüten waren rot und halb geschlossen. »Herzlichen Glückwunsch den Frischvermählten«, hatte die Frau an der Rezeption gesagt und ihnen den Strauß überreicht. Er hatte sich gefreut.

Bettina war verärgert. »Die Tulpen sind eine Zumutung«, hatte sie gesagt, und den Strauß im Hotelzimmer in den Abfall geworfen. Die Fliege, die sich auf der Glückwunschkarte die Flügel putzte, hatte Pech. Auf der Karte erschlagen, musste sie den Tulpen folgen. Beide bekamen Gesellschaft von einer angebrochenen Tafel Schokolade, die Bettina in seiner Jackentasche fand.

Bis, dass der Tod euch scheide.

»Ja, ich will«, hatte er damals geantwortet. Der Ehering sah das nicht so. Er ließ sich aus seinen zittrigen Händen auf den staubigen Kirchenboden fallen und war zielstrebig unter den Talar des Pfarrers gerollt.

Während Hans-Joachim auf allen Vieren den Ring unter dem Talar hervorholte, hörte er ihr wütendes Schnauben, das sich nicht beruhigen wollte und so laut war, dass es die Stimme des Pfarrers übertönte.

Er war nicht abergläubisch. Das ungute Gefühl in seiner Magengegend hatte nur die Größe eines Samenkornes und beunruhigte ihn nicht.

»Beehren Sie uns wieder«, sagte die Frau an der Rezeption und schiebt ihm den neuesten Flyer des Hotels über den Tresen.

Ihre Blicke schweifen über seine rechte Schulter und bleiben am Treppenaufgang hängen. Nach einer kurzen Zeit der Ratlosigkeit, in der man eine Stecknadel hätte fallen hören können, fällt der Satz: »Und grüßen Sie Ihre Frau recht herzlich.«

Er sagte: »Danke.«

Dass sein sonnengebräuntes Gesicht etwas an Farbe verlor, fiel nicht auf.

Bevor er ging, warf er einen letzten Blick in das trübe Blumenwasser. Hatte die Fliege vorher noch halbherzig die Flügel bewegt und ab und zu ein Bein, war sie jetzt untergegangen. Jetzt wollte er gehen.

Er tritt durch die offenstehende Tür ins Freie und bleibt etwas unschlüssig stehen.

Er hatte nichts auf dem Zimmer vergessen, er war es nur nicht gewohnt, seinen Tag selbst zu planen.

In tiefen Zügen atmet er die milde Luft des Sommers, die erfüllt ist vom süßen Duft des Jasmin.

Seine Schritte sind leicht, irgendwie beschwingt. Und in dieses neue Gefühl hinein fällt ein Schatten.

Es ist der des Mädchens, das auf ihren stämmigen Beinen auf seinen Wagen zuläuft, ihn umrundet, als suche sie etwas in seinem Inneren, und bei jedem ihrer Schritte hört er das Klirren der Muscheln und Schneckengehäuse, was ihm ein Zittern seiner Hände beschert.

Als sie verschwunden ist, fährt er im Schritttempo auf die Ausfahrt zu. Was er im
Rückspiegel sieht, ist ein beliebiges Bild.

Einen Ausschnitt des Hotels zwischen
blühenden Hecken, einen Teil des Müllcon-
tainers, aus dessen halboffenem Deckel die
Kordel eines Kleidersackes heraushängt und
sich vom Wind sanft schaukeln lässt.

SCHMERZ

SPITZ
WIE TAUSEND NADELN
DUMPF
WIE DAS UNHEILVOLLE
GROLLEN DES HIMMELS
AUS SEINEM BLAU
STÜRZEN GEIGEN
MIT ZERRISSENEN SAITEN
UNAUFHALTSAM FLIEẞT
DER FLUSS
UNBEIRRT
DEIN SCHRITT
DU GEHST
OHNE MICH

Abgesang

»Rosen duften, Herbstzeitlose nicht.« Das war der letzte Eintrag in ihr Tagebuch, dessen Seiten ausgefüllt waren mit leeren Versprechungen, die eine Hoffnung nicht zuließen und ein: »Ende gut, alles gut« in den Heimatfilm verwies.

Die letzten Rosen. Das Abschiedsgeschenk des herbstlichen Gartens und Seins.

Sie hatte hinter dem Vorhang gestanden und ihn beobachtet, als er sie abschnitt und sich dabei strecken musste, um an die Zweige heranzukommen, die aus dem Strauch herausragten, als wollten sie den Himmel berühren. Das Gefühl, vor Glück den Himmel berühren zu können, war lange her. Sie hatte Augen und Ohren verschlossen vor dem leisen Raunen des Windes, der ihr Glück vor sich hertrieb, immer weiter abwärts, einen vereisten Abhang hinab, an dessen Ende nichts mehr war – wie vorher.

Sie waren glücklich gewesen. Das stimmte.

Für wen waren die letzten Rosen bestimmt, die zwischen verholzten Zweigen zum Himmel strebten, deren fleckige Blätter sich eingerollt hatten, damit der Sturz zur Erde ein sanfter war?

Er hielt sie lange in der Hand und es sah aus, als schien er nachzudenken. Als sich dabei ein paar Blütenblätter lösten und in das Gras zu den anderen fielen, hatte er sich entschieden.

Bevor er in das Haus zurückkehrte, warf er einen Blick hoch zum Fenster, hinter dessen dicken Vorhängen er sie wusste, was sie dazu brachte, blitzschnell in die Hocke zu gehen. Sie kam aus dem Gleichgewicht und während sie auf dem Teppich saß, nahm ein Schamgefühl von ihr Besitz, dessen Hitze sich nicht aufhalten ließ, bis das warme Rot im Haaransatz verschwunden war.

Er betrat das Haus auf seine Weise. Rücksichtslos schlug die Klinke der Tür in die Kerbe des malträtierten Putzes und obwohl sie daran gewöhnt war, kam es ihr lauter vor als sonst.

Seine Schritte waren die eines Elefanten, der durch die Räume des Erdgeschosses stapfte, mit kurzen Unterbrechungen, wenn ein Teppich die Lautstärke dämpfte.

Was suchte er? Die gepackten Koffer für sein neues Leben? Sie hätte es ihm sagen können, doch welchen Grund gab es, ein Schweigen zu brechen, das seit Jahren zwischen ihnen stand, wie eine Wand, die kein Satz mehr überbrücken konnte.

Wann hatte es angefangen, dass die Sätze zwischen ihnen immer weniger wurden, sie dem morgendlichen Gezwitscher der Vögel lauschte, die den Tag ankündigten und sein Nachhausekommen?

In ihrem Tagebuch nachzusehen wäre eine Möglichkeit gewesen, die sich erübrigte, weil ihre Einträge ohne Datum waren.

Seit wann hatte er eine Vorliebe für Bonbons? Diese Frage zu stellen, kam ihr fast lächerlich vor.

Er hatte es gehasst, wenn sie eines aß und ihren Gesichtsausdruck idiotisch genannt. Was war passiert?

Eine Vorliebe für Bonbons ist kein Beweis an sich, hatte sie gedacht, was sie nicht daran hinderte, eines der zahlreichen Bonbonpapiere mit dem Bügeleisen zu glätten. Doch die Verkettung von Zufällen war nicht mehr haltbar, als der Name des Hotels unter der Hitze des Bügeleisens zum Vorschein kam.

Die Fundorte der leeren Bonbonpapiere waren vielfältig. In seinen Jackentaschen, unter dem Sitz seines Wagens, in dessen Aschenbecher zwischen halb gerauchten Zigaretten, deren Mundstücke Spuren eines roten Lippenstifts hatten. Nur seine schmutzigen Socken lagen zuverlässig unter dem Bett, bis der Besenstiel sich erbarmte.

War es seine gewohnte Schlampigkeit oder Schicksal? Ein eingepacktes Bonbon war ihm aus der Hosentasche gefallen und hatte sich unter dem Rosenstrauch versteckt und schien die Nähe einer Herbstzeitlosen zu suchen.

Sie hatten den Rosenstrauch gemeinsam gepflanzt, als sie in ihr Haus einzogen und es als gutes Omen für ihre gemeinsame Zukunft angesehen, den gleichen Gedanken zur gleichen Zeit auszusprechen. »Diese blutrote Rose oder keine.« Er hatte ihr damals in die Augen gesehen. »Für immer und ewig«, hatte er gesagt und ihre Hand gedrückt. Die Peinlichkeit, den Preis des Rosenstrauches zu drücken, hatte sie nicht gestört.

»Für immer und ewig.« Was war davon übrig geblieben?

Spontan, ohne nachzudenken, hatte sie ihr Haus verlassen und obwohl es in Strömen regnete, war sie ohne Schirm zu ihrem Wagen gelaufen. Wie gewohnt hatte der Nachbar rein zufällig seine Haustür geöffnet und ihr nachgerufen. »Stürmische Zeiten«, und sie war sich nicht sicher, ob er das Wetter meinte oder ob er Bescheid wusste.

Und während er ihr das zurief, trampelte er in seinem Vorgarten die Herbstzeitlosen nieder und es war nur logisch, dass sie sich vor seinen Schuhen in Sicherheit brachten. Auf ihrem Rasen war Platz genug.

Es war nicht schwierig gewesen, das Hotel zu finden. Der beleuchtete Name des Hotels »Zum fliegenden Kranich« schien ihr mit dem unruhig flackernden »K« zuzuzwinkern und spiegelte sich auf der Frontscheibe seines Wagens wider.

Ihren Wagen hatte sie versteckt geparkt, den Eingang des Hotels im Blick, hatte sie sich wegen der Kälte eine Decke über die Beine gelegt und einen Schal um den Kopf gewickelt.

Sie rutschte tief in den Wagensitz und während sie gebannt auf den Eingang des Hotels gestarrt hatte, hörte sie den Regen auf das Dach ihres Wagens prasseln, der Wind fegte die Blätter vom Baum auf ihre Frontscheibe, auf der sie kleben blieben, bis der Scheibenwischer sie von rechts nach links schob und umgekehrt.

Es gab keinen Beweis, zu welchem Zeitpunkt er das Hotel verließ, alleine oder zu zweit. Das heimelige Geräusch des Regens hatte ihr einen tiefen Schlaf geschenkt und ihr Verlustgefühl darin versenkt. Das alles war vor zwei Wochen geschehen, aber es fühlte sich an wie gestern.

Plötzlich war es still im Haus. Und sie spürte, wie diese augenblickliche Stille eine Anspannung in ihr auslöste, wozu es keinen Grund gab. Hinter dieser Tür war sie sicher.

Sie vernahm seine Schritte, die die Stufen der Treppe hoch polterten, und im Geiste sah sie seine kanariengelben Schuhe, die neu waren, deren dicke Sohlen ihm einige Zentimeter schenkten. Sie traute sich kaum zu atmen, als die Türklinke sich leise bewegte, auf und ab, immer wieder. Seine flache Hand fuhr über das Holz, fast zärtlich schien er es zu streicheln. Sie konnte seinen schweren Atem hören und als er ihren Namen mit einschmeichelnder Stimme in allen Tonlagen flüsterte, ließ sie sich für einen winzigen Augenblick täuschen und das Fünkchen Hoffnung begann zu glimmen, von dem sie wusste, dass es nur das Leuchten eines verirrten Glühwürmchens war.

Das Zuschlagen der Haustür war das Ende.

Sie zog die Gardinen zur Seite und sah, wie er das Bonbon unter dem Rosenstrauch aufhob und in seine Jackentasche steckte. Er lief zu seinem Wagen. Das Gewicht seines Koffers schien seinen O-Beinen eine fast perfekte Form zu geben. Sie hörte sein Fluchen, sie hörte den Schlag seiner Faust, die auf die Klappe des Kofferraums schlug.

So blieb sie noch eine Weile am Fenster stehen, bis der Wagen am Ende der Straße verschwunden war. Mit zaghaften Schritten lief sie die Treppe hinunter ins Erdgeschoss.

Auf dem Esstisch standen die abgeschnittenen Rosen, deren Köpfe schlaff über den Rand des Bierglases hingen, in dem kein Tropfen Wasser war, dessen Außenseite blutige Spuren zeigte.

Sie öffnete das Fenster. Ein Luftzug vollendete alles.

Mit einem zarten Rascheln, das sich anhörte wie knisterndes Seidenpapier, ließen die trockenen Rosen ihre letzten Blütenblätter fallen, stürzten gemeinsam ihrem Schicksal entgegen, um zu Füßen des Bierglases einen Reigen zu bilden.

Sie nahm ihr Tagebuch und schrieb hinein: »Ende gut, alles gut«, 01.12.2023.

DURCH

ZUG UM ZUG
WORT FÜR WORT
EIN GARN
GESPONNEN
EIN FLICKENTEPPICH
GEWEBTES
BLA, BLA, BLA
UND NU?
AUF
DURCHZUG
GSTELLT!

Der Lauf der Dinge

Mein Wille. Ein tief verwurzelter Baum. Gefällt.

Auf jedem Jahresring ein graues Fähnchen mit dem Siegeszeichen des Zerstörers. Verloren, vergessen, nicht gehört. Auf die alles bewegende Kraft des eigenen Willens zu bauen? Ein Irrtum. Auf dünnen Stelzen steht schwankend der Rest der Erinnerung.

Ein Buchstabe, mehr nicht. Der Rest: Durch die Maschen gerutscht, in der Versenkung verschwunden, durch die Lappen gegangen. Der Zug ist abgefahren. Mit ihm das Gesuchte, das es sich gemütlich gemacht hat, im letzten Abteil und über die Hand spottet, die den Schlusslichtern droht.

Wie konnte ich glauben, dass die Kraft meines Willens ausreicht? Wie konnte ich vergessen, dass Bilder und Sätze verschwinden, sich aus dem Kopf stürzen, sich einfach fallen lassen, wann und wo es ihnen passt?

Gelingt es nicht, sie aufzufangen, sind sie weg und man sucht und sucht, da wo man lief, auf der Straße, zwischen den Häusern, zwischen parkenden Fahrzeugen, stochert in Abfalleimern oder sonst wo.

Verlustgefühle machen hungrig. Sie aus dem Kopf in den Magen zu schicken, beruhigt. Dem Magen ist es egal, was er bekommt.

Einen Hamburger vielleicht. Fast Food? Wie kann man zu McDonalds gehen? Wie sie den Namen verächtlich aussprechen, die vermeintlichen Gegner und dabei ihre Nasenflügel dehnen, die Wangen mit ihrem Atem füllen, als hätten sie sich die Zunge verbrannt.

Ihnen zufällig dort zu begegnen, wenn sie hastig McDonalds braune Tüten aus dem Verkaufsraum tragen, macht Spaß. Für die Enkel, für wen sonst. Es nachzuprüfen lohnt sich nicht.

Bevor sie ihren Autoschlüssel in das Schloss stecken, lecken sie den Rest der Mayonnaise von den Fingern, um keine verräterischen Spuren am Lenkrad zu hinterlassen.

Mich an die beruhigende Wirkung eines gefüllten Magens erinnernd, stehe ich vor dem großen gelben »M« über der Eingangstür.

Im Laden ist viel los.

Vom prallen Leben überrumpelt, hatte ich an Rückzug gedacht. Zu voll. Zu laut. Ein Höllengesang der kleinen Teufelchen. Mit ihren Füßen im Fegefeuer schreien und lachen sie mit vollem Mund und stoßen sich die Zinken der teuflischen Gabel in die Rippen, bis sich ihr Blut mit Ketchup vermischt.

Ich bleibe.

Sie sind das Schlusslicht oder wollen sie sich vordrängen?

Ein weiblicher Stier senkt seine Hörner und geht gereizt zum Angriff über. Aus seinen Nüstern bläst heiße Luft und bläht das unsichtbare rote Tuch, hinter dem ich ahnungslos stehe.

Erwartungsvolle Stille. Das Schauspiel bleibt aus.

»Der nächste bitte.«

Die Reihe bewegt sich nach vorne.

»Hallo, bitte schön, was darf es sein?«

Die Frage gilt mir. Das gelbe »M« auf ihrer Mütze sitzt gefährlich tief auf ihrer Stirn. Ihre rechte Hand schwebt unruhig über der Tastatur der Kasse, während der abgespreizte kleine Finger sich auf und ab bewegt. In ihre ungeduldigen Augen hinein sage ich: »Einen Big Mac und kleine Pommes.«

Ich sage es laut mit überdeutlichen Lippenbewegungen und warte. Ist sie schwerhörig? »Einen Big Mac und kleine Pommes, bitte.«

Ihre Antwort? »Die Angebote der Woche sind drei …«

Das metallische Geklapper aus der Küche zerhackt die Angebote bis zur Unkenntlichkeit. Ich halte die zu einer Höhle geformte rechte Handfläche hinter mein Ohr – vergebens.

»Nur einen Big Mac und kleine Pommes, bitte.«

Mehr nicht. Die Kassiererin beharrt darauf. Drei Angebote der Woche. Welches?

Zwei gut verständliche oder als Verbindung zu drei Angeboten?

Was taugt eine Brücke, die nichts verbindet?

Die Kassiererin gibt nicht nach und schaufelt das Loch, um meinen Willen darin zu versenken.

Von ungeduldigen Stößen einer Schultasche traktiert, ringe ich mit dem Gleichgewicht, entscheide mich mit trügerisch fester Stimme und sage: »Das Letztere.«

Auf die alles bewegende Kraft des eigenen Willens zu bauen?

Ein Irrtum.

Ich betrachte das gelbe »M«, das krummbeinig auf der Kasse steht, unverrückbar fest geschweißt wie ein Fels in der Brandung. Der Sieger. Der Verlierer bin ich, und ich frage mich: An welcher Stelle meines Weges hatte mich die außergewöhnliche Idee zu einer Geschichte wie ein Blitz getroffen und an welcher hatte ich sie verloren, obwohl ich sie wie eine kostbare Porzellanvase vor mir hertrug?

Ohne ein Geräusch, vollkommen lautlos, fiel die Idee aus meinem Kopf und war weg. Kein einziges Wort war geblieben, nicht ein Buchstabe davon.

Während ich auf das unbekannte »Letztere« warte, beobachte ich den weiblichen Stier. Sie hat sich breitgemacht. Die Tischkante teilt sich mit dem Rand des Tabletts, die Last ihres Busens, die Last ihrer Tasche trägt der einzig freie Stuhl alleine. Die Ärmel bis zum Ellenbogen hochgekrempelt, schaufelt sie und schaufelt und schwitzt.

Die ungeduldige Stimme der Kassiererin. »Bitte schön, das macht …«

Der Betrag geht unter im Höllenlärm der kleinen Teufelchen. Ein großer Schein reicht immer.

»Haben sie es nicht kleiner oder wollen sie das Restaurant kaufen?«

Ich nehme das Tablett, auf dem liegt, was ich nicht wollte, und suche einen Platz in einem Raum, der einer prall gefüllten Wurst gleicht. Wohin?

Ein Stehplatz ist frei neben dem Abfalleimer, mit Blick auf den weiblichen Stier, der schaufelt und schaufelt und schwitzt.

Das Letztere liegt auf dem Tablett. Eine umgekippte Tüte, deren Inhalt aus fünf Pommes besteht, weil der Rest, zu einem Berg gehäuft, Folgendes unter sich begräbt. Ein Törtchen, mit rosarotem Zuckerguss, zwei Plastikschlümpfe, ein mickrig aussehender Burger, den ein Papierfähnchen schmückt.

»Guten Appetit«, sagt mein Gegenüber und grinst mich an und ich überlege, wie das gemeint ist. Ich klappe den mickrigen Burger auseinander, entferne das braun umrandete

Salatblatt und während ich hineinbeiße, versuchen meine Finger zusammenzuhalten, was zusammengehört.

Ich schlucke den ersten Bissen hinunter, dann den zweiten und warte. Der Magen muss voll sein. Ich esse weiter, esse alles, bis auf die Schlümpfe. War es ein Irrtum, dass ein voller Magen mein Verlustgefühl besänftigen kann?

Ein schmerzliches Ziehen in der Herzgegend ist deutlich zu spüren. Der Gedanke, dass meine Idee, die äußerst genial, noch nie gedacht, noch nie geschrieben, für immer verloren ist, ist unerträglich.

Wer sie findet und für sich behält, ist ein Dieb. Es wäre eine Katastrophe, ein fremdes Buch aufzuschlagen und die eigene Idee zu finden, malträtiert, bis zur Unkenntlichkeit verhunzt, durch einen Taktstock, der den Rücken kratzt, weil er nicht weiß, was seine Aufgabe ist.

Mein Taktstock kennt seine Aufgabe genau.

Er zeigt auf den blauen Schlumpf. Der steht ahnungslos mit gefalteten Händen neben der zerknüllten Serviette und wartet. Aber anstelle des Segens bekommt er die Fahne. Jetzt könnte ich gehen, stünde nicht noch ein Wettlauf an. Die Teilnehmer heißen Ketchup und Mayonnaise und hatten sich vor der Serviette versteckt. Jetzt laufen sie getrennt meine Finger entlang. Ihr Schneckentempo ist hochinteressant.

Wen lasse sich gewinnen? Rot oder Weiß?

Mein Wille zählt. Oder?

Herzgebrösel

»Dein ist mein ganzes Herz«,
sagte das Huhn und
verlor sich im Sand.

Wie eine weiße Festung auf vier Rädern glänzte der Wagen in der Mittagssonne, da der alte Kastanienbaum, unter dem er stand, kaum Schatten spendete.

Sie lief darauf zu, etwas zögerlich, sah den ausgebreiteten Sonnenschutz eingeklemmt unter den Scheibenwischern der Frontscheibe, der sich bemühte, dem Fahrerhäuschen Kühlung zu verschaffen.

Der kleine Spalt zwischen zwei Scheibengardinen an der Seitenfront zog sie magisch an. Sie blickte in das Innere. Im Schattenlicht des Fahrerhauses war der Ausschnitt eines Lenkrades zu sehen, auf dem Beifahrersitz ein Korb gefüllt mit Kastanien, dahinter die zerwühlte Landschaft einer schmalen Schlafstelle, über der ein Lebkuchenherz hing, dessen Verzierung in die Spitze des Zellophans gerutscht war, ein zerbröseltes weißes Zuckerhäufchen, bis auf die zwei Worte »Für Dich«, die unversehrt auf dem Lebkuchen klebten.

Eine federnde Bewegung des Wagens ließ ihre Nasenspitze gegen die aufgeheizte Scheibe stoßen. Sie sah fasziniert, wie das Lebkuchenherz sich zitternd drehte und die Kastanien im Korb ihre Plätze tauschten. Sie erschrak. Ein Finger tippte ihre Schulter an. Und als sie sich umdrehte, erblickte sie Kasunke, Schulze und Neumann, die sich unbemerkt genähert hatten. Ein bekanntes Trio, das sich jeden Mittwoch traf, hier unter dem alten Kastanienbaum, dessen Zweige sich auf dem Dach des Wagens ausruhten, von 11 bis 18 Uhr. Ottos Hähnchen-Grill.

Es hatte sich gut gefügt, dass Otto auf Inge passte. Vier frisch gepinselte Buchstaben tauschten Inges Namen aus.

Otto war der Erste, der sich für den Wagen interessierte. Ihn zu besitzen war sein Traum und aus dem verblassten Kunststoffhahn auf dem Dach wurde ein bunter Blechhahn, dessen Farben in der Mittagssonne auffällig blinkten.

Eine unechte Stille schlug ihr entgegen, als sie sich hinter den Wartenden einreihte. Das anschließende »Hallo« aus drei schmallippigen Mündern war unfreundlich und hatte Ähnlichkeit mit dem »Hallo geht's noch?« von Radetzki, der es hasste, wenn sich ihre Fingerspitzen in uralte Zeiten verirrten, in denen sie liebevoll sein Brusthaar graulte. Es hatte sich männlich, zuverlässig angefühlt. »Alles deins«, hatte er damals gesagt, und noch mehr.

»Ich bin Otto«, hatte er sich am vergangenen Mittwoch vorgestellt und ihr die Hand entgegengestreckt. Und sie hatte erwidert: »Radetzki.« Männlich, zuverlässig, etwas fettig vielleicht, hatte seine zweite Hand die ihre fest umschlossen. »Ein Huhn von der Wiese?«, hatte er sie gefragt und mit dem rechten Auge gezwinkert. Und sie hatte gegen ihre Gewohnheit zurück gezwinkert, obwohl sie wusste, dass er log.

Vor ihr stand Kasunke. Sie betrachtete seinen speckigen Nacken, auf den sich das fehlende Kopfhaar verirrt hatte. Aus seinem Kragen kroch der Geruch ranzigen Fettes. Sie vergrößerte den Abstand zu ihm, so wie sie es im Bett neben Radetzki tat. Aus einem Spalt der Klappe schlüpfte der Duft gegrillter Hähnchen und Neumann begann zu schlucken. Sein ausladender Bauch, der wie ein Puzzleteil in Schulzes Hohlkreuz passte, schien sich zu dehnen und die bunten Schmetterlinge auf seinem Hemd verwandelten sich in unförmige Farbkleckse.

Schmetterlinge. Er sammle Schmetterlinge, hatte Radetzki zu ihr gesagt, als sie sich kennenlernten und sie hatte gespürt, wie sich sein Netz in ihren Haaren verfing. An der Rückseite des Wagens öffnete sich eine Tür. Das gewohnte Prozedere nahm seinen Lauf. Alle kannten das Geräusch, wenn sie über den unebenen Boden schleifte und alle wussten, was als Nächstes kam. Aus dem Profil des Rahmens schob sich ein Bein, halb verdeckt von einer weißen Schürze. Ein unsichtbarer Mund stieß stoßweise kleine Rauchkreise in die Luft, die sich in eine luftige Herzform verwandelten.

Sie schwebten in ihre Richtung. Wohin sonst?

Dann war es so weit. Zwei muskulöse Arme öffneten die Klappe.

»Es wird Zeit«, sagte Kasunke mit drohender Stimme und Schulze klagte: »Inge war früher«, und Neumann, der mit dem Zeigefinger auf das Ziffernblatt seiner Armbanduhr klopfte, sagte: »Stimmt!«

Die Gesichtszüge der Männer fingen an, sich zu entspannen beim Anblick der braungebrannten Hähnchen, die sich fetttriefend um die eigene Achse drehten.

»Platzsparend steckt ein Bürzel dem Nachfolger im Hals«, sagte Neumann und alle lachten über diesen Satz, der jeden Mittwoch der gleiche war.

Sie änderten ihre Formation. Schulter an Schulter, die Bäuche unter die Ablage geschoben, sahen sie den triefenden Hähnchen zu und ein bekanntes Naturereignis nahm seinen Lauf. Aus ihren Mundwinkeln floss eine feuchte Spur, die sich im Kragen verlor.

Und sie sah Otto zu, der liebevoll die Hähnchen von der Stange in die Tüten schob.

»Nichts wie weg«, sagte Kasunke zu Schulze und Neumann.

Sie stiegen auf ihre Fahrräder, traten immer schneller in die Pedalen, als sei der leibhaftige

Teufel hinter ihnen her und es schien ihnen egal zu sein, dass die Tüten an ihren Lenkstangen ins Schleudern kamen und die Hähnchen malträtierten.

Otto sagte: »Alles deins«, und zeigte auf das Blech, in dessen Mitte ein goldbraunes Hähnchen lag. Ein trüber, fettiger Fluss lief aus seinem Inneren und zischend entlud sich aufgestaute Hitze aus kleinen Bläschen. Mit großer Sorgfalt begann er die Schenkel auseinander zu biegen, was ihm ein Seufzen entlockte, das laut genug war, das Surren des elektrischen Messers zu übertönen. Dann war es geschafft. Vollkommen entspannt ruhten die Hälften im fettigen See. Ein unbekanntes Stück vom Inneren hatte sich von den durchtrennten Rippen gelöst. Mit der Spitze des Messers schob er es in die rechte obere Ecke des Bleches, während der Bürzel seinen Platz links unten bekam. Als er einer verirrten Fliege den Weg in die Freiheit erklärte, war sie sicher, Zeugin eines außergewöhnlichen Rituals eines außergewöhnlichen Mannes zu sein. Und ihr fiel Radetzki ein, der Schmetterlinge fing und aufspießte, weil er Sammler war.

Durch den halbgeöffneten Vorhang seiner dichten Wimpern sah Otto auf das Hähnchen herab, dann auf sie. Und sie fühlte, wie es sie hineinzog in das Hellblau seiner Augen, wie in das warme Wasser eines Sees.

Und ihr fiel ein, wie es ist, zu schwimmen. Sorglos durchschwamm sie den dichten Teppich blühender Seerosen hin zu seiner Stimme.

»Fünf Euro zwanzig«, sagte er.

Verwirrt zog sie ihren Lippenstift aus der Tasche und sagte: »Stimmt so.«

Und er sagte: »Danke«, reichte ihr das eingepackte Hähnchen und schenkte ihr eine halbgeöffnete Kastanie.

»Alles deins«, sagte er, »und noch mehr.«

Und ihr Herz kam aus dem Takt, als sie die stachlige Frucht in ihrer Hand fühlte.

»Ich sammle Kastanien«, rief er ihr nach.

»Ich weiß«, rief sie zurück.

»Auf ein Neues«,
sagte das Huhn und
pickte das Korn.

Der Himmel so blau

Blau hängt der Himmel über der Stadt, deren Namen für die Geschichte keine Bedeutung hat. Die Straße darf einen Namen haben. Sie Hauptstraße zu nennen, wäre zu beliebig, ihren Straßenverlauf zu beschreiben langweilig. Jede App kann das. Tippen, wischen, bis die Puste kräftig genug ist, den roten Ballon aufzublasen.

Als Zugabe gibt es den quadratisch eingegrenzten Hinweis: Praxis Dr. Fahrud, Hautarzt, alle Kassen, Nürnberger Straße 20, mein Ziel. Der Grund: Ein Muttermal. Mein Muttermal.

Die weibliche Stimme des automatischen Anrufbeantworters hatte recht. Gestern Abend um dreiundzwanzig Uhr und heute früh um sechs. Die Öffnungszeit ist unverändert. Die Praxis öffnet um acht.

Der Himmel war so blau, als ich das Haus verließ.

Ich sah die Wärme mit den Augen durch das Fenster und ließ mich täuschen. Mit klammen Fingerspitzen schließe ich den obersten Knopf meiner viel zu dünnen Jacke.

Ich schaue auf die Uhr. Die Praxis öffnet um acht. Ich weiß.

»Das Risiko, sich zu verlaufen, liegt fast bei null«, hatte mein Gegenüber gesagt, der mir dabei zusah, wie ich gestern Abend den leicht gekrümmten Verlauf der Nürnberger Straße auf den Zettel malte und mit einem Rotstift den Ballon an die Ecke Hirschstraße setzte. Sein Handy mitzunehmen, lehnte ich ab, seine Hand, die sich beruhigend auf meine Schulter legte, auch.

Es ist sieben Uhr dreißig. Überfüllte Mülltonnen werden an den Rand der Straße geschoben. Die Geschäfte haben ihre Türen noch geschlossen, aber das Licht in ihren Schaufenstern brennt. Ich habe noch dreißig Minuten zur freien Verfügung. Kleine Abstecher in die Nebenstraßen sind kein Risiko. Der Norden ist oben, der Süden unten. Ganz einfach.

Ich laufe. Biege um die nächste Ecke. Der Duft von frischem Brot kommt aus der geöffneten Tür eines Steh-Kaffees. Eine Verkäuferin füllt die Regale, die zweite baut eine Pyramide aus belegten Brötchen. Drei Frauen stehen an einem Bistrotisch und schweigen. Aus ihren Kaffeetassen steigt weißer Dampf.

Es ist Zeit, umzukehren. In welche Richtung? Was ist passiert? Der Süden hat mit dem Norden getauscht, so scheint es. Und ehe ich meiner inneren Stimme das Wort verbieten kann, stellt sie dem Entgegenkommenden diese Frage. Wo bin ich? Die Antwort ist ein ungläubiges Kopfschütteln. Zur Nürnberger Straße, nur um die Ecke biegen. Der abgewinkelte Zeigefinger meiner Wegweiserin zeigt nach rechts. Danke, vielen Dank, tausend Dank.

Das Haus Nummer 20. steht vor mir.

Ich lege meinen Kopf in den Nacken und zähle mit den Augen die Stockwerke ab, von unten nach oben.

Es sind sechs. Der Weg zum Aufzug führt durch eine schmale Passage, in deren Verlauf sich die hell erleuchteten Fenster einer Apotheke und eines Bekleidungsgeschäftes gegenüberstehen. In dem einen stehen drei unbekleidete Puppen, die auf ihre Kleider warten, im anderen eine weibliche Pappfigur. Sie streckt mir einen Strauß getrockneten Lavendel entgegen. Seine Blüten sind hellblau, wie der Himmel, den ich heute früh durch das Fenster sah.

Zum Aufzug. Der Hinweis ist auffällig genug für die Schlechtsehenden, gefahrlos in den dritten Stock zur Augenarztpraxis zu gelangen, vorausgesetzt, sie übersehen nicht die abgestürzte Eistüte auf dem Boden und das achtlos abgestellte Paket – Werbung.

Vor dem Aufzug stehen fünf Leute und warten. Im Aufzug ist es eng. Meine leicht nach außen gestellten Ellenbogen sind hilfreich. Im dritten Stock steigen alle aus. Während der Fahrstuhl in den sechsten Stock fährt, überlege ich. Die obersten Knöpfe meiner Bluse zu öffnen wäre zu früh, aber die Überweisung aus der Handtasche zu nehmen, macht Sinn. Sie sieht nicht sehr frisch aus. Zur Papierkugel mutiert wäre übertrieben, aber ein Bügeleisen könnte es richten. Ich fahre mit dem Finger über das Papier. Die Hinterlassenschaften der Fliegen verschwinden nicht. Der kleine Kaffeefleck ist peinlich.

An der Rezeption ist nichts los. Die Sprechstundenhilfe sitzt vor dem Computer und putzt den Schirm. Ihr Aussehen erinnert mich an die

Marzipanfigur auf meinem Schreibtisch, die noch gegessen werden will.

Marzipans hilfreicher Zeigefinger zeigt mir das Wartezimmer. Es ist leer. Ich entscheide mich für den Stuhl unter der Fett-Weg-Spritze und warte. Viel zu lange. Endlich. Marzipans Stimme schickt mich in Zimmer Nummer Null. Ich laufe ans Ende des Ganges, vorbei an den offenstehenden Türen eins bis sechs. Der Raum Nummer Null ist klein und kühl. Die Bestandsaufnahme fällt mager aus. Eine Liege, ein Tisch, drei Stühle. Ich sitze und warte im mittleren der drei durchgesessenen Stühle. An der Wand hängt eine eingerahmte Fotografie.

Die Erklärung darunter: »Pathologisches Muttermal.« Im Zentrum des Muttermals köchelt und speit die Lava, die sich in das Gesunde frisst und frisst und nicht aufhört damit, bis die blühende Landschaft ein Kratermeer ist, über den Bilderrahmen hinaus, über die ganze Wand und weiter.

Ich schaue auf die Uhr. Es ist neun Uhr dreißig. Die Wartezeit ist unerhört. »Hallo, hallo, bin ich vergessen?« War ich zu zaghaft? Das dritte Hallo hat Kraft. War das meine

Stimme, die randaliert? Das weiße Papier auf der Liege hebt sich in die Höhe, wie von Geisterhand bleibt es kurz in der Luft stehen und fällt zurück. Und plötzlich tritt eine unheimliche Stille ein. Wie die Ruhe vor einem Sturm fühlt es sich an.

Aus heiterem Himmel, aus dem Nichts heraus, während eine kleine Wolke am blauen Himmel friedlich vorüberzieht, rieselt feiner Sand von der Decke. Kleine glitzernde Sandkörnchen rieseln auf meinen Kopf herab. Und während ich schützend meine Augen mit den Händen bedecke, höre ich die Wände brechen. Stein für Stein, für Stein. Und mir fällt die Geschichte ein, in der sich einer an die Wand lehnte und sich wiederfand, im Hinterhof, mit gebrochenen Gliedern und ein Loch hinterließ, da, wo Stein auf Stein saß.

Marzipans Stimme unterbricht das Szenario.

Muttermal in null. Mein Muttermal. Endlich. Die Tür öffnet sich.

»Ich bin Dr. Fahrud. Was kann ich für sie tun?« Sein Händedruck ist fest und warm, seine Stimme liebenswürdig, leise, sanft, beruhigend und ähnelt der Stimme des Pferdeflüsterers, der gestern in einer Tiersendung eine wild gewordene Stute beruhigte. Ich könnte schwören …

»Ich habe ein verdächtiges Buttermal«, sage ich.

Während ich das sage, streiten sich zwei flattrige Finger um Knopf und Knopfloch. Was ist passiert? Hatte ich »Buttermal« gesagt? Diese Wortschöpfung ist hier fehl am Platz. Mit der Lupe vor dem Auge beugt er sich darüber. Ein Prachtexemplar von einem gesunden Muttermal. Er zieht das »M« in die Länge, als wolle er mir sagen, wie es richtig heißt. Sein Finger verirrt sich kurz auf die rechte Brust. Mein Muttermal ist links, links. Und obwohl aus seiner Kitteltasche ein Stethoskop herausschaut, legt er sein Ohr auf meine linke Brust und lauscht. »Störgeräusche darin müssen geprüft werden«, sagt er und ich betrachte das »Pathologische Muttermal« an der Wand, in dessen Zentrum die Lava köchelt und speit.

»Alles im grünen Bereich«, sagt er und streckt mir seine Hand entgegen. Bin ich fertig? Ich schaue auf die Uhr. Es ist zehn Uhr dreißig.

Marzipan kommt herein und bringt mir ein Pflaster. Was ich damit machen soll, weiß ich nicht.

Der Rückweg ist einfach. Vorbei an den sechs offenstehenden Türen laufe ich am Wartezimmer vorbei, in dem kein Mensch sitzt. Der Aufzug ist leer.

In der Passage angekommen, steige ich über die Eistüte, die sich wirklich nicht mehr ähnlich sieht. Im Schaufenster des Bekleidungsgeschäftes tut sich was.

Eine junge Frau kniet bei der Arbeit. Sie ist dabei, die letzte der drei Puppen zu bekleiden. Ich betrachte ihren Rücken, ich betrachte ihre verschmutzten Fußsohlen. Sie wendet mir ihr Gesicht zu und lächelt.

Ihr ausgestreckter Zeigefinger zeigt mir die Richtung.

Bevor ich loslaufe, schaue ich hoch zum sechsten Stock.

Über ihm ist der Himmel so blau.

Später

Warum fährt jemand an den gleichen Ort, in eine Gegend, in der sich die Füchse gute Nacht sagen? Das fühle sich an wie eingeschlafene Füße. Der überhebliche Ton ihrer Kollegin Grid kratzte an der dünnen Fassade der kollegialen Akzeptanz, hinter der sich vom ersten Augenblick an eine tiefe Abneigung wie ein unüberwindbarer Graben auftat.

Apfelbäume, so weit das Auge reicht.

Charlotte schaut durch das offene Seitenfenster ihres Wagens in eine Landschaft, in der sich ein Apfelbaum an den anderen reiht. Der süßliche Geruch überreifer Äpfel, die braunfleckig zwischen den Grasbüscheln vor sich hin dämmern, dringt in das Innere des Wagens. Sie atmet ihn ein und lächelt. Sie hätte zu gerne das Gesicht ihrer Kollegin gesehen, wenn diese den Grund des fauligen Geruchs entdeckt. Sie fand ihren Einfall genial, in der untersten Schublade von Grids Schreibtisch einen wurmstichigen

Apfel zu verstecken, aus dessen Schale sich das pralle Leben aus allen Löchern schlängelt.

Bei dieser Vorstellung hat Charlotte ein breites Grinsen im Gesicht, das sich erst verliert, als sie ihren Wagen an den Rand der schmalen Landstraße lenkt und anhält. Sie steigt aus und geht zwischen den Reihen der Apfelbäume spazieren. Sie spürt die Leichtigkeit des Augenblicks, der sich genauso anfühlt, wie vor einem Jahr, als sie mit ihm zwischen den Bäumen lief und ganz gegen ihre Gewohnheit das Glücksgefühl mit ihm teilen wollte, nicht in ausufernden Sätzen, das Wort »Freiheit« hatte genügt. Und er hatte sich belustigt auf die Schenkel geklopft. Sein Lachen war hämisch und sie hatte bereut, darüber gesprochen zu haben.

Bevor sie die Fahrt fortsetzt, pflückt sie einen Apfel und legt ihn auf das Armaturenbrett, mit der roten Seite in ihre Blickrichtung, mit der gelben lässt sie ihn aus der Frontscheibe schauen.

Alles ist friedlich im Inneren des Wagens. Ein Wortgefecht, das die Atmosphäre verdirbt, ist ausgeschlossen.

Ein Apfel schweigt.

Das alte Bild im Rückspiegel ist längst verschwunden und mit ihm die intakte Straße, die immer schmaler wird und löchrig und der Spur eines Regenwurms im feuchten Sand ähnelt.

Bei dem Versuch, den Löchern auszuweichen, kommt Leben in den Wagen, was den Gegenständen darin die Ruhe nimmt. Die leichte Brise in der Wasserflasche entwickelt sich, das mit bunten Glassteinchen besetzte Herz am Schlüsselbund schleudert wie von Sinnen über ihrem rechten Knie. Der Apfel auf der Konsole rollt planlos von einer Seite zur anderen. Für das zusammengeknüllte Stück Papier ist das Versteckspiel vorbei. Ein Schlagloch schubst es unter dem Beifahrersitz hervor. Aus den Papierfalten springt seine Schrift: »Du bist nichts.«

Dies war seine letzte Mitteilung, die, wie alle anderen, nur den schmalen Spalt zwischen zwei Schreibtischen zu überwinden hatte, die sich wie ein Zwillingspärchen gegenüberstanden.

Und sie erinnert sich an den Anfang.

Ich bin der Neue, hatte er sich vorgestellt und seine Hand auf ihrer Schulter abgelegt. Er schenkte ihr einen Zweig des Rosenbusches, der neben dem Eingang wuchs. Ein auf Kleinformat gefaltetes Zettelchen folgte. Darin waren vier Worte versteckt: »Du bist meine Traumfrau.«

Diese vier Worte waren es, die ihre erprobte Skepsis in ein aufgeweichtes, labbriges, in lauwarmen Kaffee getauchtes Brötchen verwandelte.

Die Rückverwandlung zeigte das Foto, das seit einem Jahr auf ihrem Schreibtisch stand.

Sie hatte es vor ihrer Abreise aus dem Rahmen genommen und mit einer Stecknadel an die Stoffkonsole ihres Wagens geheftet. Es war durch die Unruhe im Wageninneren auf die Fußmatte des Beifahrersitzes gefallen. Sie bückte sich danach und spießte es auf die alte Stelle. Das Foto ist langweilig für den, der keine Ahnung hat. Hellblaues Wasser, das über braunes Geröll wirbelt und mittendrin ein kleiner roter Fremdkörper, der dem fließenden Wasser ein Hindernis ist.

Charlotte drosselt die Geschwindigkeit.

Die Straße steigt an und mit ihrer Höhe gewinnt die Schlucht auf der linken Fahrbahnseite an Tiefe, während auf der rechten Seite Felsen in den Himmel ragen, die ihre bizarren Formen gefährlich nah den Kotflügeln entgegenstrecken und die vorbeifahrenden Wagen mit fallenden Steinchen traktieren, um sie ein Stück weiter mit hellblau blühenden Rispen zu versöhnen, die unvermutet aus den Felsspalten hängen und die Seitenfenster streifen, was Charlotte nicht stört, seine Hand am Steuer schon.

Sie liebt diese Rispen wegen ihrer hellblauen Farbe und wegen ihrer Bewegungsfreiheit, die es ihnen gestattet, sich vom Wind sanft schaukeln zu lassen und jeden Sturm zu überstehen, ohne den Halt zu verlieren.

»Wir zwei sind eins«, hatte er zu ihr gesagt. Bis sie merkte, dass dieser Satz eine andere Bedeutung hatte. Sie hatte das Schnappen der Schere überhört, die ihre Freiheit in kleine Häppchen zerschnitt, bis es für ihn passend war.

Der Gedanke daran lässt den Raum im Wageninneren schrumpfen. Ein Gefühl der

Enge stellt sich ein. Sie steigt aus und atmet den harzigen Duft der Tannen und es ist, als lächle ihr die rote Seite des Apfels einladend zu. Danke, nicht jetzt. Später.

Ja, später, irgendwann, hatte sie zu Grid gesagt, die den dringenden Wunsch hatte, mit ihr an diesen Ort zu fahren, obwohl sich Füchse dort gute Nacht sagen und sonst nichts.

Grid war es, die am Vorabend ihrer Abreise zwischen den Häusern im Hinterhof stand, auf ihr Fahrrad gestützt, dessen Farbe ein verwaschenes Rot hatte, ähnlich dem rätselhaften Farbtupfer auf Charlottes Foto.

Dieser Anblick war neu für das grasgrüne Viereck zwischen den Häusern, mit seinem Sandkasten in der Mitte, in dem sich leere Coladosen türmten, mit seinem blauen Abfallbehälter, unter dem schwarze Bananenschalen vor sich hin faulten. Sie war blitzschnell in die Hocke gegangen, hinter den Gittern ihres Balkons, die das Bild in Streifen schnitten.

Charlotte öffnet die Fenster des Wagens und hofft, dass die frische Luft die aufkommende Müdigkeit vertreibt. Das Plätschern des Flusses dringt in ihr Ohr. Es ist leise, wie das Wasser eines flüchtig zugedrehten Wasserhahns, das in dünnen Fäden in den Abfluss läuft, das zu schwach ist, eine schmutzige Kaffeetasse zu säubern, die jeden Morgen ihren Kreuzzug mit lauwarmem Kaffee begann, von seinem auf ihren Schreibtisch, weil ihr Nein nichts galt.

Charlotte ist angekommen.

Im Schritttempo lenkt sie ihren Wagen in die Parkbucht, die von weitem zu sehen ist, weil die Straße gerade ist, weil sie mit geschlossenen Augen weiß, dass es die richtige Stelle ist. Nur die Absperrung zum Abhang, die ist neu. Aus seinen Holzstreben quillt frisches Harz. Der Hinweis auf dem Schild ist der gleiche: »Anlehnen auf eigene Gefahr.«

Und sie erinnert sich an das marode Gebälk vom letzten Jahr. Sie hatte ihren Zeigefinger in eine morsche Stelle des Balkens gedrückt und ein Vibrieren ausgelöst, das sich von Balken zu Balken fortsetzte und die Absperrung erzittern ließ.

Charlotte steigt aus. Und während sie ihre Glieder streckt und dehnt, spürt sie einen Luftzug über ihrem Kopf. Ein Falke kommt angeflogen und lässt sich auf dem Warnschild nieder. Dort sitzt er mit gespreizten Flügeln und schaut sie an.

Ob es der gleiche ist wie im letzten Jahr?

Da hatte ein Falke bei ihrer Ankunft auf dem Schild gesessen und ihnen voller Vertrauen entgegengeblickt. Sie war begeistert stehen geblieben. Er warf einen Stein. »Glotz nicht so dumm«, hatte er gesagt und einen Zweiten hinterhergeworfen. Der Falke flog auf, drehte eine Runde über ihren Köpfen und zielte. Nicht auf sie. Zwischen seinem spärlichen Haarwuchs war genügend Platz gewesen für den grün-weißen Kot, dessen Konsistenz flüssig genug war, über seine Stirn den Nasenrücken hinunterzulaufen. Er schrie, als sei der leibhaftige Teufel hinter ihm her und obwohl sie in gewohnter Manier in Deckung ging, hatte sie ein Stein an der Brust getroffen. Der Falke hatte sich auf einem Felsvorsprung in Sicherheit gebracht und auf sie herabgeblickt. Aus seinem Schnabel kamen merkwürdige Töne.

Charlotte lehnt sich entspannt an die neue Absperrung und schaut den Abhang hinab. Ein sanfter Wind streicht durch die Tannen, in deren Zweigen sich Licht und Schatten ein Schauspiel geben. Die Bedingungen sind optimal für das Foto vom Schreibtisch. Es segelt wie ein loses Blatt den Abhang hinab. Ihr ist feierlich zumute und leicht.

Dass sich dort unten die Füchse gute Nacht sagen, stimmt nicht. Grid hatte keine Ahnung. Füchse sind stets auf der Hut und sorgen für Ordnung. Mit ihrer feinen Nase riechen sie den Braten schon von Weitem. Erst der kleine Zeh, dann den nächsten und wenn sie keiner stört, den ganzen Rest, bis auf rote Schuhe, die mögen sie nicht.

»Anlehnen auf eigene Gefahr«, hatte sie ihm vor einem Jahr laut vorgelesen und sich mit vorsichtigen Schritten der Absperrung genähert, während sich die Tannen unerschrocken der Schlucht zuneigten, als gäbe es gleich was zu sehen. Sie sei hysterisch, hatte er gesagt und ihre Warnung in den Wind geschossen.

Und jetzt spürt Charlotte spontan eine Lust, der Quelle nahe zu sein. Ein paar Schritte die Böschung hinab, bis zum Vorsprung, den sicheren Ast fest in der Hand, wäre ein Anfang.

Als gelte es, diesem kleinen Versuch den größtmöglichen Genuss zu verschaffen, teilen sich die Wolken und lassen der Sonne freie Bahn. Die wirft ihr warmes Licht auf die vorgeschobene Unterlippe der Felsöffnung, um sich dann in der Tiefe des riesigen Mauls der Quelle zu verlieren, eines Mauls mit spitzen Zahnstümpfen, zwischen deren Lücken hellgrüne Farne wie Salatreste aus Zahnlücken hängen. Und ab und zu dringt ein dumpfes Gurgeln aus der Tiefe der Felsöffnung. Eine aufgewühlte Wasserspur schleicht sich seitlich davon und versickert im nachgiebig bemoosten Boden, während der Hauptstrom des Quellwassers über blank polierte Steinchen fließt und dann abwärts stürzt in die erwartungsfrohen Arme des Flussbettes, über dem sich ineinander verwobene Baumkronen wie im Tanz wiegen. Und ab und zu fällt ein Blatt auf das fließende Wasser, auf dessen Rücken Fliegen mit dunkelblauen Leibern segeln, bis das Blatt sich in einer Nische verfängt, in der die Wurzelenden eines Baumes wie Beine einer Riesenspinne hineinragen. Das ist die Stelle, an der ihr Blick den Fluss verliert und den Sprung der Bachforelle verpasst, die den schläfrigen Körper einer blauen Fliege fängt.

Ein Stein löst sich unter ihren Sohlen und stürzt den Abhang hinab. Sie sieht ihn rollen, sich überschlagen, bis er mit leisem Platsch ins Wasser fällt. Unbeirrt streift der Wind durch die Tannen. Sein leises Raunen hört sich an, als erzähle er was.

Sie könnte noch weiter den Abhang hinabsteigen, sich an den Rand der Quelle setzen und ihren Apfel essen. Sie könnte dem Verlauf des Flusses folgen. Sie könnte sich umsehen.

Heute nicht. Später. Paul.

ZEITLINIE

GERADEAUS
ZURECHTGEBOGEN
LÄUFT SIE IM KREIS
BIS
ANFANG UND ENDE
GEGENEINANDER
SCHLAGEN AUS
DER BRUCHSTELLE
STÜRZT DIE ZEIT
UNAUFHALTSAM
GERADEAUS

Außer der Zeit

Mäh tschak il klack og kack
drum alkapon drum og bli og bla mäh.

Dieser Satz klingt fremd.

Seine Herkunft im Außerirdischen anzusiedeln, macht es einfach. Ihn sprachlich irgendeinem Land der Erde zuordnen zu wollen, heißt googeln. Was sich allerdings erübrigt, wenn jemand den Satz übersetzen kann.

Die dritte Möglichkeit: Sie hören sich folgende Geschichte an. In ihrem Mittelpunkt steht Franz.

Franz lebt alleine im vierten Stock eines Mietshauses, dort, wo die Geschichte ihren Anfang nimmt, dort, wo es gerade vier Uhr in aller Herrgottsfrühe ist. Es ist die Zeit des Dämmerlichts, das den Gegenständen in seiner Wohnung ein gespenstisches Eigenleben zugesteht, bis es hell genug ist, der Schrank, ein Schrank, die Kommode, eine Kommode, das Bild an der Wand eine Berglandschaft ist.

Von seinem nächtlichen Spaziergang zurückgekehrt, war er, ohne Licht zu machen, die Treppe hinauf gelaufen, deren ausgetretene Stufen er jedes Mal zählt, als wäre eine dazugekommen oder umgekehrt.

In der Wohnung angekommen, zog er Mantel und die Schuhe aus. Der Schirm für unvorhergesehenen Regen in den Ständer, der Mantel auf den Bügel, seine Knöpfe der Reihe nach von oben nach unten schließen, darunter die Schuhe mit gebundenen Schnürsenkeln, exakt ausgerichtet auf einem Stück Zeitung. Das alles musste so sein.

Er warf einen Blick in sein Schlafzimmer.

Das schwache Licht der Dämmerung fiel auf zwei Kopfkissen, von denen eines seines war. Wie viele Jahre war es her, dass sie ihn verließ, einfach ihre Koffer packte, ihn zurückließ, ohne ein Wort? Er hatte keine Erklärung gefunden und tauschte das weiche Bett mit dem harten Schreibtischstuhl, als wolle er büßen.

In diesem saß er und blickte auf die Dächer der gegenüberliegenden Häuser, über denen sich der Mond mit blassem Gesicht verabschiedete.

»Bis morgen dann«, sagte Franz, zog den Stapel Bücher zu sich heran und war bemüht, die staubfreie Spur von gestern nicht zu verfehlen. Aus den Seiten der Bücher hingen beschriftete Papierstreifen heraus, Hinweise auf Herz, Leber, Nieren und den Schlaf.

Das morgendliche Prozedere begann. Seine müden Beine über die Tischkante gelegt, wartete er, dass aus dem Radio die vertraute Stimme erklingt.

»Hallöchen, liebe Frühaufsteher, es ist fünf Uhr. Kniebeugen schon gemacht?« Und Franz erhob sich, so wie jeden Morgen, und wartet auf den Takt des Pendels. Doch es kam nur ein kurzes Knacken. Und dann der Satz:

Mäh. Tschak il klack og kack
drum alkapon drum og bli, og bla. Mäh.

Mäh? Das sagt kein Mensch. Was war passiert?

Die Durchsage: Eine Herde Schafe ist verschwunden, bis auf eines. Es wurde am Rande der Stadt gesehen. Ob es sich bei dem Ausbruch um einen Akt der Selbstbefreiung oder um eine kriminelle Handlung durch

Menschen handelt, bleibt offen. Das Ergebnis der Spurensicherung: Reste von Äpfeln und Möhren vor dem offenstehenden Gatter, ein zertrampeltes Blumenbeet und weiteres. Ende.

Die Sondermeldung hatte die Zeit des Zähneputzens verschoben. Er eilte in das Badezimmer. Von der Zimmerdecke fiel das grelle Licht der Lampe auf das Waschbecken, auf dessen Ablage ein Glas mit zwei Zahnbürsten stand. Die Blaue war seine. Die gelbe nicht. An der hing seine Hoffnung, an der hielt er fest.

Drei Minuten von oben nach unten hatte sein Zahnarzt gesagt und ihm für die Genauigkeit eine Eieruhr empfohlen. Als diese die Prozedur mit schrillem Ton beendet hatte, ließ er den weißen Schaum aus seinem Mund in das Waschbecken tropfen, kleine Miniaturschäfchen, die im Abfluss verschwanden. Und er hatte das Schaf vor Augen, das verzweifelt seine Herde sucht.

Der Tag war da.

Sein Licht fiel auf ihn, der zusammengesunken auf dem Schreibtischstuhl saß, auf den Stapel Bücher, den er mit beiden Armen umschlungen hatte und ihm als Kopfkissen genügte.

Er träumte.

Er sah das Schaf vor einer Ampel stehen, die war grün. »Lauf, rief er ihm zu, kennst du die Verkehrsregeln nicht? Bei Grün kannst du gehen, bei Rot musst du stehen.« Was ihn erstaunte, es hatte eine Zahnbürste im Maul, und die war gelb.

Der Gedanke an das Schaf beschäftigte ihn den restlichen Tag. Rastlos lief er in seiner Wohnung umher und entschied, die Zeit für den nächtlichen Spaziergang nach vorne zu verlegen.

Das Ankleiden erfolgte akribisch genau, nur umgekehrt.

Ein Schaf liebt Grün, dachte er und sah es als Wink des Schicksals an, dass unter all seinen dunklen Krawatten eine leuchtend grüne war. Den Schirm über den Arm gehängt, verließ er das Haus. Die Suche nach dem Schaf begann.

Er traute dem Licht der Straßenlaternen nicht, leuchtete mit einer Taschenlampe in dunkle Hofeingänge hinein und bog die Zweige der Sträucher in den Grünanlagen auseinander.

Das einzige Lebewesen, das ihm begegnete, war eine streunende Katze. Ihr Maunzen brachte ihm die Idee, das Blöken eines Schafes zu probieren. Er tat dies in die hohle Hand hinein. Erst leise, dann immer mutiger schickte er seine Stimme himmelwärts in das grinsende Gesicht des Mondes hinein. Es kam nichts zurück. Hatte der Mond das Echo verschluckt?

Ihm fiel der Satz aus dem Radio ein:

> Mäh. Tschak li klack og kack
> drum alkapon drum og bli og bla. Mäh.

Kaum hatte er den Satz in die Nacht gerufen, kam das Echo. Es schien aus dem verwilderten Vorgarten des verlassenen Hauses zu kommen. »Betreten verboten«, sagte das Schild. Und obwohl es nicht seiner Natur entsprach, eine Regel zu brechen oder ein Verbot, stieg er über den herunter getretenen Zaun hinein in das kniehohe Gras.

Dort stand er und lauschte mit angehaltenem Atem in die Stille hinein.

Und plötzlich war das leise Läuten eines Glöckchens zu hören, in das sich das Rascheln von Gras und das Knacken brechender Zweige mischte. Das Schaf kam um die Ecke des Hauses gelaufen, direkt vor seine Füße.

Franz ging in die Hocke. Als ihre Augen auf gleicher Höhe waren, bemerkte er die außergewöhnlich langen Wimpern des Schafes. Sie waren weiß. Ihre Wimpern waren es nicht.

Dass Franz den Rücken des Schafes graulte, schien diesem zu gefallen, auch das Grün seiner Krawatte, an der es anfing zu knabbern, als sei es frisches Gras. Welch ein Glück.

Franz folgte dem Schaf hinter das Haus und die Seite seines Kinderbuches tat sich auf. Aneinander gekuschelte Schafe lagen friedlich im Gras. Als sie ihn erblickten, hoben sie ihre Köpfe und nickten ihm zu.

Eines rückte zur Seite.

Er setzte sich. Seinen Kopf auf das flauschige Fell gebettet, fand ihn der Schlaf.

Horst und Erika

Ein Haus am See.

Es ist aus Holz, mit einem Steg, der ins Wasser führt.

Es ist eines von vielen, das der unberührten Natur den Platz stahl, bis auf den Streifen Wald, der blieb. Die Häuser sehen sich ähnlich. Dass sie sich gleichen wie ein Ei dem anderen, wäre übertrieben.

Eines der Ferienhäuser gehört ihnen.

Sie heißen Horst und Erika, ihre Dackelhündin Paula. Sie hatten das Haus Nummer Neun gekauft, weil es nah am Wasser lag, weil das Paddelboot gratis war, weil der Zaun um das Grundstück hoch genug war für Paula, auch wegen der Erinnerung, sagten sie.

Wie Heuschrecken waren sie damals in den Schulferien über die Badebuchten hergefallen, wo sie im Schutz des Schilfes auf Decken saßen, ihre warme Limonade tranken und Comics tauschten. Mädchen im Wasser unterzutauchen war verboten. Doch manchmal brach einer die Abmachung, das kam vor. Auch, dass einer sich in die nächste Bucht verirrte und bei einer anderen Gruppe blieb. Die Paarbildung der Jungen und Mädchen war jedes Jahr anders, bis auf Horst und Erika, die waren zusammengeblieben.

So war jeder Sommer ein Vergnügen und der nächste auch, bis ein Schild dem Badeparadies ein Ende machte. »Baden verboten.« Der See habe gefährliche Strömungen, das war gelogen. Ferienhäuser brauchen Platz, das stimmte.

Diese Sommer waren für Horst und Erika zeitlebens Gesprächsstoff, besonders, wenn sie an windstillen Tagen kleine Steinchen über die glatte Oberfläche des Wassers springen ließen. »Wie früher«, sagte Horst und strich ihr über den Rücken, einfach so. Und Paula, die eifersüchtig war, rannte im Kreis um ihre Beine, den Bootssteg auf und ab, den Zaun des Grundstückes entlang, in dem kein Schlupfloch war.

Mit einem Rosenbeet hatte sich Horst einen Traum erfüllt.

Auf seinem Nachttisch stapelten sich Bücher, die alles über Rosen wussten. War eines davon gelesen, kam es unter den Stapel, bis es irgendwann wieder oben lag. Wenn nachts das Licht seiner Taschenlampe über die Seiten eines Bildbandes glitt, murmelte er die Namen der Rosen vor sich hin und manchmal roch er am Papier und manchmal drückte er Erikas Hand, obwohl sie schlief.

Ihr Traum war ein Gartenhäuschen.

Noch ehe Horst seine Rosen pflanzte, begann er das Gartenhäuschen zu bauen. Dass zu wenig Licht durch das kleine Fenster fiel, hatte sie nicht gestört. Die Deckenlampe war hell genug für ihre Hände, um auf der Drehscheibe Tonklumpen zu bauchigen und geraden Krügen formen zu können. War einer fertig, stellte sie ihn auf das Regal zu den anderen, auf dem sie bis zum Brennen in Ruhe trocknen konnten. Das Lüftchen, das durch die Ritzen der Bretterwand wehte, half mit, und wenn Paula zu ihren Füßen lag, war alles vollkommen.

Der Herbst begann. Der Gartenkalender zeigte ein Ahornblatt.

Es war gelb, mit braunen Rändern. Der erste Morgennebel war dabei, sich davonzuschleichen. Er überließ es der kraftlosen Sonne, den feuchten Rasen zu trocknen und die welken Blätter, bis sie leicht genug waren für den Wind, sie in die Ecken des Hauseingangs zu wehen und auf die Sitze der Gartenstühle, wo sie am liebsten lagen.

Die Zeit der üppigen Rosenblüte war vorüber, in der das ganze Beet einem bunten Rosenstrauß glich.

Vorüber war auch die Zeit, in der sie morgens gemeinsam von Strauch zu Strauch gingen, Erika das Körbchen trug, in die Horst die abgeschnittenen verwelkten Rosen fallen ließ und jede Rose, die er abschnitt, wurde bei ihrem Namen genannt. Alexandrine, Frederic Mistral, Broceliande, Blue Girl. Die Rose Dark Lady war Erikas Lieblingsrose. Sie war dunkelrot und fühlte sich samtig an.

Sie hatte einen Ehrenplatz auf ihrem Nachttisch. Mit ihrem Anblick zu erwachen, war für sie ein Glück, wie die zwei Worte: »In Liebe« auf dem steinharten Lebkuchenherz an der Wand, von dem sie sich nicht trennen konnte, das Anlass für ein spaßhaftes Streiten war, weil Ort und Zeit des Kaufs auf keinen gemeinsamen Nenner zu bringen war.

Was der Gartenkalender verschwieg, war, dass es außer den gewohnten Naturveränderungen noch eine andere gab. Die hieß Sybille. Wenn jemand abwechselnd klopft und klingelt und nicht aufhört damit, bis geöffnet wird, ist es unverschämt.

Die Unverschämtheit hatte einen Arm, der jung und braun gebrannt war, der funkelte, weil der Sonne die zahlreichen Armreifen gefielen. »Ich bin Sybille, ihre neue Nachbarin«, hatte sie gesagt und sich zu Paula herab gebeugt, die begeistert war von diesem Funkeln, dem Rot ihrer Fußnägel und den freiheitsliebenden Brüsten.

»So was Nettes«, sagte Horst, als sie gegangen war, und stellte das Mitgebrachte auf die Fensterbank. Ein Blechhund, der mit dem Kopf nickt, ist genial. »Das Nachbarhaus wehrt sich gegen die neue Mieterin«, sagte Erika. Es waren die Holzläden, die nicht geöffnet werden wollten, wie die Fenster, deren Scharniere sich im Rost eingerichtet hatten, wie die Terrassentür, die sich in das quer vernagelte Brett verliebt hatte. Und Paula rannte wie von Sinnen am Zaun entlang und bellte die lilafarbene Couch an. Die Möbelträger trugen sie aus dem Wagen ins Haus, erst in den einen, dann in den nächsten Raum, und so weiter. Das Benjamini-Bäumchen trug sie selbst.

»Männer pflanzen Bäume«, sagte Horst.

Einen Plastikbaum in die Erde zu pflanzen, ist ungewöhnlich. Horst grub das Loch und Sybille dirigierte. Ein bisschen nach rechts, nein, links, halt, zu viel. Dann war sie zufrieden und goss den Baum. Der bekam Gesellschaft. Drei Frösche, ein Reiher, ein Storchenpaar aus Plastik. Die Belohnung für seine Arbeit war eine lange Umarmung und ein Blechhund, der Zweite, der seinen Platz von Erika neben der Toilettenbürste bekam.

Die Einladung zum Kaffee anzunehmen, war unausweichlich.

Die Begeisterung über die Einladung war geteilt. Nicht bei Horst, der sein glückliches Lächeln nicht verbergen konnte, nicht bei Paula, deren Schwanzgewedel nicht enden wollte. Während Horst die letzten Rosen abschnitt, saß Paula vor dem Beet und sah zu. Erikas Lieblingsrose Rose Dark Lady war die Letzte am Strauch.

Die letzten Rosen des Jahres rücksichtslos zu plündern, wies Horst zurück.

Ihre Bemerkung: »Bringen wir es hinter uns«, konnte seine Stimmung nicht trüben. Mit großer Feierlichkeit trug er den Strauß Rosen vor sich her, dessen Farben eine Symbiose eingingen mit dem Muster seines Hemdes. Dark Lady ragte aus dem Strauß heraus wie eine Königin und verströmte den Duft einer überreifen Aprikose.

Sybilles Haustür war besonders. Um das »Tritt ein, bring Glück herein«, hingen zahlreiche Strohgebinde, an denen bunte Herzchen an langen Schnüren baumelten, die der Wind den zwei Plastikschafen neben der Tür um die Ohren schlug. »So ein Kitsch«, sagte Erika. »So was Nettes«, sagte Horst und klopfte. Es tat sich nichts.

Erikas Faustschlag gegen die Tür hatte Erfolg. Sybille öffnete, Paula schmiss sich vor Freude auf den Rücken und blieb so lange liegen, bis Sybille sie über die Schwelle trug.

Auf Händen durch Räume getragen zu werden war Paula gewöhnt, doch magische Hände nicht. Sybilles rechter Zeigefinger konnte zaubern. Ein kurzes Antippen reichte aus. Die stummen Teddybären, die im Zimmer verteilt waren, fingen an zu brummen, die starren Puppenaugen bekamen Leben und bei jedem Antippen kam das Wort »Mama« aus ihrem Bauch heraus. Der nickende Blechhund auf der Fensterbank war ein Drilling, er sagte nichts. »So was Nettes«, sagte Horst, und als aus einer Spieldose eine Melodie erklang, pfiff er mit.

Während draußen der Herbst sich von seiner schönsten Seite zeigte, saßen sie bei geschlossenen Fenstern in der stickigen Stube, auf einer Couch, deren Farbe außerordentlich lila war, tranken Kaffee, dessen Konsistenz den Blümchen auf dem Tassenboden das Vorrecht ließen.

»Ich bin Buchhändlerin«, sagte Sybille, und pausiere. Paula verstand. Sie saß zu Sybilles Füßen und nickte. Dass sie auf Sybilles Kommando ein Männchen machte, war neu. Zur Belohnung gab es ein Plätzchen und ein Nächstes. Das Letzte hatte seinen Platz auf Sybilles nacktem Knie. Paula holte es sich. Ihre tropfende Zunge drehte ihre Runden, als wäre in der Kniekehle noch ein weiteres versteckt. Sybilles Lachen hatte die unvergleichliche Gabe, ihren Körper in alle Himmelsrichtungen zu biegen, was ihm schrille Töne entlockte. Paula gefiel es, sie streckte ihren Hals und stimmte mit ein. »So was Nettes«, sagte Horst und lachte mit.

Erika sah auf ihre Armbanduhr. Es war Zeit, zu gehen. Paula schmiss sich auf den Rücken und wollte bleiben, doch gegen die Leine kam sie nicht an. Ihr kurzer Nachhauseweg führte an drei Fröschen, einem Reiher und einem Storchenpaar vorbei, die wasserfest, aber nicht standfest waren. Horst ließ es sich nicht nehmen und half den umgefallenen Tieren auf die Beine.

Die Nacht war stürmisch. Der Wind rüttelte an den Fensterläden, fuhr in das Schilf, das sich dem aufgewühlten Wasser entgegen bog, und stieß in rhythmischen Schlägen das Boot gegen den Steg.

Das Knarzen der Holzwände im Haus war Erika gewohnt, auch das Poltern, wenn sich ein morscher Ast auf das Dach fallen ließ. Aber das Trippeln auf dem Dachboden beunruhigte sie.

»Das können nur fette Ratten sein«, sagte Horst und lachte, »die machen sich über alte Frauen her.« Ihre Hand, die auf dem Weg zu seiner war, zog sie zurück. Er tippte den Kopf des Blechhundes an, der neben dem Glas Wasser auf seinem Nachttisch stand. Der nickte ihm zu, weil dieser Platz für ihn der richtige war.

Hell fiel das Mondlicht auf das Lebkuchenherz an der Wand und auf die Vase auf ihrem Nachttisch. Sie war leer, bis auf das Wasser, in dem eine tote Fliege schwamm.

Das rhythmische Schlagen des Bootes gegen den Holzsteg hatte ihr immer einen schnellen Schlaf gebracht. Doch in dieser Nacht war es umgekehrt. Eine innere Unruhe begann sie zu quälen. War die Verankerung des Paddelbootes sicher genug?

Einen dicken Pullover über dem Schlafanzug, eine Taschenlampe in der Hand, lief sie hinaus. Nicht zum Steg, um nach dem Boot zu sehen, sie lief zum Gartenhäuschen, wo sie begann, ihre Tonkrüge zu zählen. Es waren zwanzig, wie gestern.

Und während sie das tat, streifte ein kühler Luftzug ihr Gesicht.

Sie kannte den breiten Spalt, durch den er blies.

Ihre Stirn an das Holz gepresst, blickte sie zum Nachbarhaus.

Da war noch Licht. Im hellerleuchteten Fenster stand der Rosenstrauß, aus dessen Mitte Dark Lady herausragte. Es war die Letzte des Jahres.

Es war ihre.

KEIN ORT

NIRGENS
DRINNEN
AUF NACHGIEBIGEN BRETTERN
NAH BEIEINANDER
DIE STAUBIGEN RÜCKEN
DER BÜCHER IM
GEFÄLLE IHRER GRÖSSE
VON RECHTS NACH LINKS
DAS AUGE WÄHLT
DIE HAND PACKT ZU
AUS DEM SCHUTZ DER SEITEN
FALLEN TROCKENE ROSENBLÄTTER
AUF STAUBIGEN BODEN
KEIN ORT. NIRGENS
WAS ICH ERINNERE
IST WINKEL AM RHEIN
WAS ICH ERINNERE
BIST DU

Leere Schatten

Wo bist du, kraftvolles Meer, das tosend gegen die Felsen schlägt und über dir der Himmel, wolkig, schwarz und blau?

Das Meer ist ruhig. Ein verschlafenes Meer, so scheint es, dessen Atemzüge die Wasserfläche sacht schaukeln lassen wie im Traum, bevor es seine letzte Welle kraftlos über die Steine schickt. Wovon es träumt?

Der Strand ist menschenleer.

Halbmondförmig liegt er vor dem Wasser, an seinen Enden zerklüftete Felsen und über ihm das Dach der Klippe.

Zu ihren Füßen türmt sich Geröll, das sich verkleinert und glättet, bis es körnig im Wasser liegt.

Die Treppe zum Strand ist steil. Ihre Stufen glänzen in frischem Weiß, bis auf die Letzte, die ist schattig grau. Und mitten im Strand, ein schroffes Felsenstück. Durch seine Mitte zieht sich ein Spalt. Eine herrenlose Angel klemmt darin. Die Schnur ist schlaff. Am Haken hängt nichts.

Wer vom Strand hinauf zum Klippenrand schaut, sieht das Dach eines Hauses. Wer auf der obersten Stufe der Treppe steht, sieht es ganz.

Das Haus steht für sich alleine. Der Weg dorthin führt über Schotter. An seinem Rand: Kakteen mit hellroten Früchten und Bauschutt unter grasbewachsenen Hügeln.

Das Haus ist weiß getüncht, wie die Mauer, die das Grundstück umgibt, wie der steinerne Löwe neben der Eingangstür. Das rostige Gartentor führt zum Strand. Eine Rasenfläche bedeckt das Grundstück, unterbrochen von hellen Marmortritten und blühenden Oleander-Büschen. An der Südseite steht eine Palme – Haushoch.

Ihre unteren Blätter hängen braun am Stamm herab. Die Terrasse des Hauses zeigt nach Osten. Sie wird umsäumt von einer Hibiskus-Hecke, deren hellrote Blüten halb geschlossen sind.

Durch eine undichte Stelle der Hecke leuchtet es gelb. Es ist der Ausschnitt eines nicht abgeräumten Tisches. Die Weinflasche darauf ist leer.

»So früh zum Strand?« Fragend deutet er auf ihre Badetasche, als sähe er diese zum ersten Mal.

»Es ist der gleiche Inhalt, wie gestern, sagt sie, ein Badetuch, Sonnenöl, ein Notizheft, ein Kugelschreiber.«

Die zerdrückte Kunststoffrose zählt nicht.

Aus seinen Haaren, die ungekämmt zu Berge stehen, strömen zwei Düfte. Der eine dem Essensgeruch vom gestrigen Abend ähnlich, der andere das gewohnte, hastig aufgetragene Rasierwasser auf einem schlaftrunkenen Gesicht. Unter seinem linken Arm klemmt eine Zeitung, zusammengerollt, mit Spuren von Fliegenblut.

Er hält ein halb volles Wasserglas gegen das Licht der Lampe. Mit geröteten Augen schaut er der Tablette hinterher, die sich prickelnd im Kreise dreht und dabei kleine Bläschen über den Glasrand schickt.

Er leert das Glas in einem Zug. Er tut das mit geschlossenen Augen.

Den Kopf leicht in den Nacken gelegt, trinkt er mit glucksenden Geräuschen. Dem beendeten Akt des Trinkens folgt das Öffnen der Augen, das Öffnen des Mundes, den ein befreites Lächeln umspielt, als ein lang gezogener Ton daraus entweicht.

Die unaufgelösten Reste der Tablette auf dem Boden des Glases machen ihn nachdenklich. »Wie viele Reste ergeben eine Ganze? Rate!«

Die Denkpause ist still, bis auf das entfernte Kreischen einer Möwe, bis auf das Summen einer Wespe, die nicht aufhört, ihre Bahnen um die Obstschale zu ziehen.

»Rate«, sagt er und packt sie am Arm. Und als sie seine Hand abschüttelt, ändert die Wespe ihren Plan, fliegt auf seine Stirn zu, die in Falten gelegt auf eine Antwort wartet. Und ehe seine mörderische Hand zuschlagen kann, klatscht sie in ihre Hände.

Von der plötzlichen Bewegung überrascht, geraten ihre Ohrringe in Schwingung. Es sind zwei Miniaturausgaben von Weihnachtskugeln, die eine rot, die andere gelb. An feingliedrigen Ketten hängend, schleudern sie aufgeregt im Kreis.

»Ich bin dann mal weg«, sagt sie und geht.

Vom Garten aus, halb verdeckt von den blühenden Zweigen eines Oleander-Busches, wirft sie einen Blick durch das offenstehende Fenster. Sie sieht, wie er zornig mit der zusammengerollten Zeitung nach der Wespe schlägt, bis er den Rotweinfleck entdeckt. Er spuckt auf sein Taschentuch und reibt den Stoff seines Hemdes vergebens.

Als sie das Gartentor hinter sich schließt, hält sie inne. Ihre Blicke suchen die entfernte Platane, in deren dichtem Laubwerk ein Chor beginnt. Dirigiert von einem unsichtbaren Taktstock, tönt es aus vielen Vogelkehlen. Sie steht und lauscht gebannt wie jeden Morgen, und jeden Morgen klingt es ein bisschen anders, so scheint es. Was sie besingen? Oder ist es nur unwichtiges Geschwätz, wer weiß. Sie könnte sich entscheiden, wenn sie wollte, im Heft ist noch Platz.

Das Ende der Vorstellung ist abrupt. Mit großem Gezeter schwärmen sie davon, landeinwärts, zur nächsten Platane, vielleicht. Nur einer bleibt. Der wartet, bis sie ihm den Rücken kehrt.

Nicht umdrehen, das ist Bedingung. Aus seiner Kehle kommt ein Pfiff – und wieder. In kurzen Intervallen pfeift er ihr hinterher und es klingt irgendwie unverschämt, als wüsste er Bescheid. Worüber?

Was war im letzten Sommer?

»Nichts«, würde sie sagen.

Sie läuft zur Klippe, die Treppe hinunter, fünfundzwanzig Stufen, wie gestern, wie den ganzen letzten Sommer.

Sie könnte sie mit geschlossenen Augen gehen und weiter an den schattendunklen Höhlen der Felsen vorbei, in denen sich das Geröll wie ein kunstvolles Gebilde türmt. Eine zerdrückte Plastikflasche und ein einzelner Badeschuh gehören dazu.

In der Bucht ist es still. Sie würde hören, wenn jemand kommt.

Ihr Platz am Strand ist steinig. Bevor sie ihr Badetuch darüber ausbreitet, fällt ihr ein Stein auf, in dessen löchriger Oberfläche sich kleine schwarze Muscheln eingenistet haben, wie die halbfertigen Sätze zwischen den Linien ihres Heftes, wie seine Frage vom letzten Jahr, die in der Wiederholungsschleife geparkt eine Antwort will. Nur, welche?

Der gestrige Abend war friedlich verlaufen, bis das vierte Glas Rotwein den Bogen gefährlich spannte, während das Mondlicht das unschuldige Gelb des Tischtuches beschien.

»Was war im letzten Sommer, sag?« Seine Frage traf sie unerwartet, hatte den Fluss ihres Atems unterbrochen.

Ihr »Nichts« vom letzten Jahr war ungültig, so schien es. Und es hatte sie nicht verwundert, dass er mitten in der Nacht in zeitlupenartiger Langsamkeit aus dem Bett gestiegen war und in ihrer Badetasche kramte, in dem Notizheft blätterte und es hastig zurücksteckte. Was hatte er zu finden gehofft?

Die Spuren des Sonnenöls waren unumstritten, wie das fett gedruckte Datum. Einundzwanzigster Juni vor einem Jahr.

Eine exakte Übereinstimmung von Tag und Zeit, bis auf das Meer, das damals in Aufruhr war, in dem sich der Himmel unruhig spiegelte, wolkig, schwarz und blau.

Die Wellen hatten gegen die Felsen geschlagen und den Strand überspült, bis auf einen schmalen Streifen.

Dort hatte sie gelegen, mit klatschnassen Haaren, den Körper von tausend Wassertropfen benetzt, hatte sie der Sonne zugesehen, die sich mühsam einen Weg durch die Wolken bahnte.

Und dann, einem inneren Impuls folgend, hatte sie sich vom Himmelsschauspiel abgewandt und in die Schatten der Felsen geschaut.

Sie war erschrocken. Da saß jemand. Ein Schatten im Schatten hatte sie in ihrem Heft notiert. Sollte sie gehen oder bleiben? Ein Herzschlag, der drei Takte aus der Reihe tanzt, ist kein Drama. Sie ließ sich Zeit.

Mit großer Bedächtigkeit hatte sie sich von ihrem Badetuch erhoben, das zu feucht war, sie zu trocknen.

Und plötzlich hatte er vor ihr gestanden und ihr sein Handtuch hingehalten.

Ihr Kopfschütteln war eindeutig. Nicht für ihn.

Es war mehr eine symbolische Geste, als sie es nahm und hastig über ihre Arme fuhr. »Gracias«, hatte sie gesagt und sich ein freundliches Lächeln abgerungen. Was er erwiderte, verstand sie nicht. Ob er um Erlaubnis bat, vielleicht. Er nahm ihr das Handtuch ab und begann so vorsichtig ihren Rücken zu trocknen, als wäre sie aus zerbrechlichem Porzellan. Und jede seiner Bewegungen schickte den Duft eines Lavendelfelds über ihre Schultern. Mit einer Beimischung von Kardamom und Ingwer – könnte sein. Der Duft war berauschend, das Meer laut wie nie zuvor, die zerstäubende Gicht wie zerspringendes Glas. Warum das so war?

Dass sie ihre Augen geschlossen hielt, konnte der Grund gewesen sein, vielleicht.

Und dann hatte ein unerwarteter Windstoß die Weihnachtskugeln an ihren Ohren zum Tanzen gebracht. Er fand das lustig. »Feliz Navidad«, hatte er zu ihr gesagt und laut gelacht. Warum dieses endlose Lachen? Sich wie ein Vogel in den Himmel zu verabschieden, das war nicht möglich. Ihr blieb nur die Treppe und sie war darauf zu gehastet, als sei sie auf der Flucht.

Auf der zehnten Stufe hatte sie innegehalten und einen Blick zurückgeworfen. Von diesem Platz aus schien ihr die Entfernung passend. Ihr »Adios« war laut genug, die Geräusche des Meeres zu übertönen. Er hatte geantwortet, nur was? Hatte es mit der Rose zu tun, die sie am nächsten Morgen fand, eingeklemmt im Spalt des Felsens?

Hat eine Rose eine Bedeutung, wenn sie aus Kunststoff ist? Oder ist sie einfach nur Kitsch? Das war ihre letzte Eintragung gewesen, das Ende des Urlaubs, das Ende des Kugelschreibers, der sich weigerte, das Wort »Kitsch« zu schreiben. So war es gewesen, genau vor einem Jahr.

Es ist Zeit, zu gehen. Die Mittagssonne hat dem Meer einen glänzenden Schimmer gegeben. Ihr Rücken schmerzt von den Steinen. Das Muster auf ihrer Haut ist vollbracht.

Sie packt ihre Badetasche. Das Rascheln darin ist ihr vertraut, der Kunststoff hat seinen eigenen Ton. Das Rot der Rose ist verblichen, ein grünes Blatt hat sich gelöst und ist zwischen die Seiten des Notizheftes gerutscht. Sie könnte die Rose dem Meer überlassen, sie weit hinausschleudern oder einfach an den Rand des Wassers legen.

Sie läuft über den steinigen Strand zur Treppe, vorbei an dem schroffen Felsenstück, in dessen Spalt die herrenlose Angel steckt, vorbei an den Höhlen der überhängenden

Klippe, in deren Schatten nichts ist, nur das Geröll, das sich unverändert türmt.

Sie läuft die Stufen der Treppe hinauf bis zur zehnten und wirft einen Blick zurück, als hätte sie etwas vergessen, übersehen, überhört.

Das konnte nicht sein. Und plötzlich hat sie den Duft von Lavendel in der Nase. Es ist eindeutig. So hatte es gerochen, als er ihren Rücken trocknete. So roch es hier. Wo kam es her? Aus ihrer Badetasche vielleicht? Seit wann können sich halbfertige Sätze in Düfte verwandeln?

Eine kleine Komödie für den Anfang wäre genug.

Sie läuft auf ihr Haus zu.

Vor dem Gartentor hält sie inne. Ihre Blicke suchen die entfernte Platane. In der ist es still. »Bis morgen Früh«, sagt sie.

ER IST'S

FRÜHLING LÄSST SEIN BLAUES BAND
WIEDER FLATTERN DURCH DIE LÜFTE
SÜßE, WOHLBEKANNTE DÜFTE
STREIFEN AHNUNGSVOLL DAS LAND
VEILCHEN TRÄUMEN SCHON,
WOLLEN BALD KOMMEN
HORCH, VON FERN EIN LEISER
HARFENTON
FRÜHLING, JA, DU BIST'S
DICH HAB ICH VERNOMMEN

Eduard Mörike

Ewiges Flattern

Es hat mich in den Bann gezogen, das blaue Band, das wieder durch die Lüfte flattert, von sanften Winden leicht bewegt, so frei, so ungebunden unter wolkenlosem Himmel, vom Flattern deiner Augenlider weit entfernt, die jede Lüge Wahrheit nennt, obwohl es nur das obere war, weil das untere schwer nach unten hing. Kein Sandsturm ist hineingefahren. Ein Tränensack.

Das Blau deiner Augen war's, das außerordentlich strahlend war, das mich hineinzog in das sommerwarme Wasser des Sees, um zwischen blühenden Seerosen nach der Liebe zu tauchen, so frei, so unbeschwert.

Horch, von fern ein leiser Harfenton.

Dem Wasser kaum entstiegen, hörte ich dich kommen.

Das Flattern deines Seidenschals, der deinen Adamsapfel fest umschlungen hielt, klang wie ein Harfenton, nur in Gedanken. Und als ich mit nassen Füßen vor dir stand, so Aug in Aug mit dem Blau deiner Augen, war es kein süßer, wohlbekannter Duft, kein Veilchenduft, der aus deinem Kragen kam.

Der Frühlingswind war unbeirrt.

Er spielte zärtlich mit dem Büschel Brusthaar, das aus der Öffnung des Hemdes sah, weil auf dem Kopf nichts zu finden war.

Veilchen träumen schon. Wollen balde kommen. Eines davon hatte den falschen Traum. Es ließ sich täuschen von der Farbe Blau. Es hat sich vor die Räder einer Mülltonne verirrt, aus der ein Seidenschal hing und der war blau.

Verzeihlich, das Traumbild vom ewigen Flattern.

Der Frühling war's für kurze Zeit.

Dein Name war nicht Eduard.

Schade.

AD HOC

DAS WORT
ERGRIFFEN
AM KRAGEN
GEPACKT
IM MUND
VERDREHT
MIT FINGERN
ZERPLFÜCKT
UNAUFHALTSAM
FLIEßT
DER REST
DEN BACH
HINUNTER

HINTER
FREMDEN LIPPEN
STOCKT
DER ATEM

Unglaublich windig

Eine Frau saß an der Bar und trank Sekt. Ein Mann kam herein. Er setzte sich an einen freien Tisch und bestellte Kaffee.

Die Deckenbeleuchtung warf ihr sparsames Licht auf ihn, auf sie, fünf Gäste und den Barkeeper.

Das war der Anfang. Eine unglaubliche Geschichte begann.

Das ist der Ort.

Eine Bar im Zentrum der Stadt.

Das Haus. Ein Relikt aus alter Zeit, das fremd aussieht zwischen der modernen Apotheke und dem Supermarkt. Seine alten Mauern verströmen den Geruch modriger Brombeerhecken, der sich in die Nasen der Vorbeilaufenden schleicht. Es sind die Alten, die stehenbleiben und sich erinnern. Das neue Schild »Café Bar« über der Eingangstür, dessen Schrift bei Dunkelheit in blauem Licht erstrahlt, gab es früher nicht. Und sie können es nicht lassen, immer wieder davon zu erzählen, dass es früher Tonis Kaffee hieß, ganz einfach Kaffee, mit K, zwei f und zwei e, dass ein junger Mann Klavier spielte, eine junge Frau die Gäste bediente, die ihr freundliches Lächeln wie ein zusätzliches Sahnehäubchen in den Kaffee fallen ließ.

Ihre Namen waren Harry und Renate. Wenn Harry mit leisen Klängen den Abend beschloss, war sie es, die einen gefüllten Zuckerspender auf sein Klavier stellte, und keiner kannte den Grund.

Das ist der Ort, an dem eine Frau an der Bar saß und Sekt trank, ein Mann hereinkam, sich an einen freien Tisch setzte und Kaffee bestellte.

Soweit war alles unauffällig, bis der Lauf einer Pistole sie auf den Boden zwang.

»Mehr Licht«, sagte der Kommissar.

Der barsche Befehlston zwang den Barkeeper aus der Deckung seiner Zapfanlage. In umständlicher Langsamkeit wischte er die Hände in das Geschirrtuch, trocknete seine Stirn, obwohl die Schweißperlen längst im Hemdkragen verschwunden waren. »Ja, Licht«, sagte er, ehe er zum Schalter lief, vorbei an den fünf Gästen, deren Aufmerksamkeit einem Bündel auf dem Boden galt.

Und jeder wusste, was da lag. Ein Frack, eine rote Nelke, eine Pistole.

Der Kommissar ging in die Hocke, stocherte mit seinem Kugelschreiber vorsichtig im Bündel. Aus dem entwirrten Stoff fiel die zerdrückte Blüte einer roten Nelke, die er mit der Spitze seines Kugelschreibers aufspießte, während er mit der anderen Hand ein Taschentuch aus dem Mantel zog, um damit die Tatwaffe aufzuheben. In einer Hand die aufgespießte Nelke, in der anderen die Pistole, lief zu jedem der fünf Gäste, die erschrocken zurückwichen, als ginge es ihnen an den Kragen.

Bis ein spitzer Klang die Situation entspannte. Der Barkeeper klopfte mit seinem Siegelring gegen ein Glas, das er wie eine Trophäe in die Höhe hielt. »Das war ihr Sektglas«, rief er und deutete auf die fettigen Lippenabdrücke, die sich wie ein Band um den Glasrand zogen.

Der Kommissar lief zum Tresen, legte seine Brille auf die erblindete Plastikhaube des

Kuchenbehälters und besah sich das Glas. »Ja, blutrot und fettig«, sagte er. Und alle sahen, wie die Zornesröte aus seinem Kragen kroch und seiner Stimme die Fassung nahm. »Zu wenig für eine Aufklärung«, rief er so laut, dass alle erschraken, weil sein Atem den Staub von den Wänden blies.

Es schien ihn zu beruhigen, die umgeklappten Ecken seines Notizbuches geradezubiegen, es durchzublättern, als sei er auf der Suche nach einem freien Blatt.

Als der Barkeeper wiederholte: »Die Frau saß an der Bar und trank Sekt.«

Friedlich sei es gewesen, bis der Mann hereinkam und mit ihm ein heftiger Luftzug, der wie ein wild gewordener Handfeger unter die Tische fuhr.

»Bla, bla, bla«, sagte der Kommissar. Ein Luftzug, der unter den Tischen sein Unwesen treibt, ist Humbug. Zum Beweis streckte er seinen speichelbenässsten Finger in die Höhe. »Kein Lüftchen weht hier«, sagte er und seine Stimme klang gefährlich ruhig, so, als müsse er jedes Wort einzeln auf einem Seil balancierend über den Abgrund tragen.

Und alle starrten gebannt auf den Gürtel seines Mantels, der auf dem Boden schleifte und hinterrücks die Spuren verwischte.

Es war nicht sicher, ob es seine drohende Stimme war, die einen der Gäste dazu brachte, auszusagen. Er lief an dem Kommissar vorbei zum Tresen und setzte sich auf den dritten Barhocker.

»Genau hier saß die Frau und trank einen Sekt. Ihr Verhalten war ungewöhnlich. Die festgefahrene Reihenfolge ihrer Bewegungen schien an der Eingangstür zu hängen. Ein Blick dorthin, ein Schluck Sekt aus dem Glas, ein nervöses Hin- und Herschieben des Zuckerspenders auf dem Tresen, das geräuschvolle Öffnen ihrer Handtasche, das Hineinschauen und wieder Schließen. So ging es fort, bis die Tür sich öffnete, der Mann hereinkam, an ihr vorbeilief, und alle konnten es sehen, dass seine Hand über ihren Rücken streifte, was sie nicht zu stören schien.«

»Und danach?«

»Setzte sich der Mann an einen freien Tisch und bestellte Kaffee.«

»Und weiter!«

»Als er die zweite Tasse Kaffee bestellte, glitt die Frau vom Barhocker, griff in ihre Handtasche, zog eine Pistole heraus, richtete sie auf die Gäste und den Barkeeper. Ihr Satz: ›Auf den Boden mit euch‹, war überflüssig, weil alle schon längst auf dem Boden lagen.«

»Ja, genau so sei es gewesen«, bestätigte der Barkeeper und ließ sich auf den schwarzweißen Mosaikboden fallen, wo er bäuchlings liegen blieb, um unerwartet in einen Sekundenschlaf zu fallen.

Der Kommissar sah auf den Schlafenden herab, dessen Zungenspitze sich entspannt zwischen den Lippen hervor schob. Mit seiner Schuhspitze versetzte er dem Schlafenden einen sanften Stoß in dessen seitliche Rippen, was diesen in Windeseile zum Stehen brachte und die Gäste spontan applaudieren ließ.

»Und was war mit dem Mann?«

Die Antwort des Barkeepers war dem unerlaubten Heben seines Kopfes zu verdanken, als er bäuchlings auf dem Boden lag, was äußerst mutig war. »Der saß entspannt auf seinem Stuhl, die Augen geschlossen, spielten seine Finger eine unsichtbare Tastatur auf dem Rand des Tisches, bis die Frau ihm etwas zurief, was niemand genau verstand.«

Das Wort »Zuckerspender« könnte sein. Und wie die Ankündigung eines Sturmes hätte sich der Kaffee in allen Tassen aufgebäumt und sei über den Rand geschwappt.

Der Kommissar hatte das Gefühl, dem Kern der Geschichte sehr nahe zu sein. Mit ungewohnt sanfter Stimme versuchte er den Barkeeper aus der Reserve zu locken, um zu erfahren, was dann geschah.

Ob es ihm gelang?

Der Gesichtsausdruck des Barkeepers war entrückt, als gingen ihm Fakten am Hintern vorbei, als träumte er, als wäre er in einer anderen Welt zu Hause.

Als die Frau den Namen Harry rief, war es, als habe ihre Stimme das schlafende Lüftchen unter den Tischen aus seinem Schlaf geweckt. Es bäumte sich auf, stieß gegen die Wände, fiel zurück in die Mitte des schwarzweißen Mosaikbodens, wo es besänftigt um vier Turnschuhe strich.

Die Augen des Barkeepers hatten einen unglaublichen Glanz, als er sagte: Wie ein warmer Wind, der in den Bäumen raschelt, sei es über seinen Rücken geweht und der Satz: »Zieh deinen Frack aus.« Ach, wunderbar, hätte ihm die Hitze eines Hochsommertages verschafft.

Eine große Stille entstand, in der man den Flügelschlag einer Fliege hätte hören können, bis der Kommissar mit fassungsloser Stimme seinen letzten Satz sprach: »Unglaublich fauler Zauber, basta.«

Vollkommen außer sich, nahm er die Pistole, die gefüllt mit Wasser war, richtete ihren Lauf gegen die Zapfanlage. Der Wasserstrahl aus dem Lauf traf das halb volle Bierglas exakt.

Als er das Haus verließ, ein altes Haus, das seinen Platz zwischen einer modernen Apotheke und einem Supermarkt hat, lehnte er sich an den rotbraunen Klinker, an dessen angenagten Kanten die Patina zu Hause ist, und schrieb sein Protokoll:

Eine Frau saß an der Bar und trank Sekt. Ein Mann kam herein.

Er setzte sich an einen freien Tisch und bestellte Kaffee.

So weit, so gut, bis die Frau mit einer Pistole die Gäste und den Barkeeper bedrohte.

Beschreibung des Paares durch die fünf Gäste.

Die Frau: Geschätztes Alter, so um die 70. Groß, mit kräftiger Statur. Sehr kurz geschnittenes graues Haar, bekleidet mit einer Jeans, einer schwarzen Samtjacke. Turnschuhe.

Der Mann: Geschätztes Alter, so um die 70. Einen Kopf kleiner als die Frau, halblanges schwarzes Haar mit silbergrauem Haaransatz, bekleidet mit einem dunkelgrauen Frack und einer roten Nelke am Revers. Turnschuhe.

Einstimmig: Die Beschreibung des schwarzweißen Mosaikbodens.

Einstimmig: Das Paar sei Hand in Hand durch den Hinterausgang geflüchtet. Ihr Lachen war noch von Weitem zu hören.

Der Barkeeper: Seine Aussage ist mit Vorsicht zu genießen.

Der Zeuge erscheint nur begrenzt glaubwürdig.

Wirkt etwas verstört, mit eindeutigen Zeichen eines Realitätsverlustes und ausgeprägtem Hang zu windigen Geschichten.

Seine vertrauliche Aussage: »Gefangen in den vier Wänden, auf der Suche nach dem weiten Land, stieß die Windböe gegen die Wände, fiel zurück in die Mitte. Und ein Seufzen und Stöhnen kam aus ihr und ein trockenes Rascheln. Wie ein Herbstwind, der das Laub vor sich hertreibt, war es über meinen Rücken geweht und der Satz: ›Zieh deinen Frack aus‹, fiel wie ein Regen auf ausgedörrtes Gras.«

Randbemerkung: Der entwendete Zuckerspender könnte ein Hinweis sein, dass es sich um einen »Frühling im Herbst« handelt, den von Harry und Renate.

Er blickte ein letztes Mal von draußen durch das Fenster, sah, wie der Barkeeper das Licht löschte und ging.

WIE

*DIE BRETTER
SICH BIEGEN
UNTER DER
LAST
GESPONNENEN
GARNS
DIE ERDE
FÄNGT
WAS FÄLLT.
UNBEIRRT FLIEßT
DER FLUSS
IN DEM DIE
FISCHE
PURZELBÄUME
SCHLAGEN*

Betrachtung eines Plans

Denkprozesse sind anstrengend. Mühsam schlängelt sich spärliches Wasser zwischen Steinen, wo sonst ein lebhaftes Sprudeln ist. Auf dem Rücken der Rucksack. Darin: Sätze mit Grünspan behaftet, im Durcheinander mit neuen, die noch in den Windeln liegen, weil es sonst in die Hose geht.

Jede Geburt ist ein Ereignis, was auch für die Geburt eines Textes zutrifft. Die eine Variante wäre die Sturzgeburt, bei der die Sätze in die Tasten fallen, die andere eine qualvolle, von Wehen geplagt. Pressen, Pause. Pressen, Pause.

Was tun, wenn es nur tröpfelt?

Die einen sagen, auf eine Wiese legen und die Wolken zählen.

Ist keine Wiese da, mit den Sofakissen kuscheln oder mit sonst wem. Nach der Erholung ein neuer Versuch. Sollten die schlaftrunkenen Augen Probleme haben, den mageren Anfangstext nicht lesen zu können, kann eine Taschenlampe hilfreich sein, die Weichen neu zu stellen, was unterschiedlich dauern kann, so von einer Stunde bis zu einem Jahr.

Am Ende des Tunnels ist Licht. Versprochen.

Was tun, wenn ein fertiger Text nicht unter die Leute geht?

Alleine laufen kann er nicht. Sich in der Schublade zu verkriechen, ist keine Option. Vielleicht sind faule Tomaten sein Problem, was mit einem Regenschirm zu lösen wäre.

Jedem Plan geht ein Traum voran, der sich nach Belieben heranwinken lässt. Ihm ist egal, ob Tag oder Nacht. Ist er da, setzt vor dem inneren Auge ein Leuchten ein. Ein Bild erscheint. Ein voll besetzter Saal mit Zuhörern, die auf seidenen Kissen sitzen und gespannt auf den Vorleser warten. Wohlgenährte Putten schicken ihr aufmunterndes Lächeln von der Decke herab und versprechen Schutz vor dem Verlust der Stimme, dem Verirren im Text. Das heimelige Licht unzähliger Kerzen spiegelt sich in den Augen der Zuhörer, die mit angehaltenem Atem den Texten lauschen.

Applaus. Applaus.

Das war der Traum.

Ein gut durchdachter Plan muss her.

Er ist die Voraussetzung für mein Vorhaben, für das das Licht einer irdischen Lampe genügen muss, und ich frage mich, wie dunkel war es bei der Planung einer Straße, die im Niemandsland geendet ist?

Ich gehe im Geiste alle Möglichkeiten durch, bis mir ein Bücherstand einfällt, so ein klitzekleiner. Aber wo?

Vielleicht auf dem Wochenmarkt?

Meine Bedenken: Ob die Vielfalt von Farben und Düften des Marktes die Magie eines literarischen Textes zerstören könnte?

Der ästhetische Eindruck eines Buchtisches ist auf jeden Fall ein wichtiger Punkt. Sich auf die Farben eines Covers zu verlassen, genügt nicht. So eine einzelne Rose quer über dem Lyrikband?

Die Frage ist, wie viele der Vorbeigehenden lieben Lyrik? Ich vermute, der hintere Bereich des Tisches ist angebracht, um sie nicht abzuschrecken. Im Vordergrund ein blutiges Messer neben das Cover eines Krimis zu legen, wäre keine schlechte Idee. Aber wenn einer schwache Nerven hat? Eine meditative Musik im Hintergrund könnte sie beruhigen. Nur sie darf nicht zu dominant sein, sonst bleibt ein Musikliebhaber vor dem Büchertisch stehen und hört nicht auf, dagegen anzusingen.

Ich überlege. Obwohl ich den Käsestand neben meinem Büchertisch wegen des Geruchs ausgeschlossen hatte, muss ich sagen, der Tiroler Käsestand zu meiner linken und der Blumenstand zu meiner rechten, zwei entgegengesetzte Düfte und ich dazwischen, könnte eine interessante Mischung sein.

Vom Stand nebenan kleine Käsehäppchen mit Weintrauben im Huckepack anzubieten, wäre gut für den Verkauf, natürlich in respektvollem Abstand zu den Büchern, wobei die Gefahr besteht, dass der Vorübergehende zu denen gehört, die sich nur durchfressen und nichts kaufen.

Ich will den Käse nicht beleidigen, auch nicht die Literatur. Nur, es kommt vor, dass ein Vorleser seine Schuhe unter dem Tisch abstreift. Für diesen Geruch dem Text die Schuld in die Schuhe zu schieben, wäre ungerecht.

Eine Überlegung. Da Bücher den Vorzug eines guten Geruchs von Natur aus nicht haben, könnte eine in Rosenöl getauchte Mottenkugel hinter dem Stapel Kurzgeschichten das Interesse wecken, was nicht eintreffen muss.

Kurzgeschichten sind meins und Lyrik.

Wenn Sie denken, kurz ist schnell geschrieben, irren Sie.

Auf jeden Fall sind meine Texte ein Naturprodukt. Ich garantiere.

Mir einen schlauen Lenz mit KI zu machen, käme nie infrage.

Ich könnte meinem Vorhaben ein Stück näher rücken. Die Idee, eine Putte über meinem Schreibtisch aufzuhängen, wäre ein Anfang. Vielleicht.

KOPFÜBER

DURCH EINE UNDICHTE STELLE
DES ALTEN FENSTERS
FLÜCHTEN DIE TÖNE
VOR DEM FALSCHEN KLANG
SIE STÜRZEN KOPFÜBER
BIS EIN WINDSTOß SIE FÄNGT
HINTER BEMOOSTEN MAUERN
EIN TULPENFELD
DAS WIEGT SICH IM TAKT
EXAKT
DORT LÄSST ER SIE FALLEN
DORT FINDEN SIE SCHUTZ
VOR WEM?
DER GEIGENBOGEN TRÄGT SCHULD
WER SONST?

Die fröhliche Violine

Kennen sie das, wenn sie von ihren Gefühlen blitzartig überfallen werden, mit allem, was dazugehört, wenn die Kniegelenke sich in eine gallertartige Masse verwandeln, das Herz mit harten Schlägen pocht und pocht, der Puls im Karree springt, als sei er auf der Flucht?

Und dann dieses plötzliche Kribbeln. Der Wettlauf der Ameisen beginnt. Mit affenartiger Geschwindigkeit rennen sie zwischen den aufgestellten Härchen die Arme hinauf bis zum Haaransatz. Und überall, wo sie rennen, verbreiten sie diese unerträgliche Sommerhitze, die sich unaufhaltsam ausbreitet und die Ohren zum Glühen bringt.

Um was geht es? Es geht um die Liebe zur Geige und um einen betrügerischen Geigenlehrer. Um eine zweifache Ausbeutung, sozusagen die meiner Gefühle und die meines Geldbeutels. Oder wie soll man es bezeichnen, wenn einer das Blaue vom Himmel verspricht, es nicht hält und einem dafür noch Geld abknöpft?

Es fällt mir nicht leicht, einzugestehen, dass ich ausgenommen wurde wie eine Weihnachtsgans. Von einem mutmaßlichen Geigenlehrer, der behauptete, seine eigene Karriere beendet zu haben, um sich in aller Ruhe dem Nachwuchs zu widmen.

Es war an einem Montag. Eine Tüte mit neuen Schuhen in der linken Hand, eine Waffel mit Eis in der rechten, schlendere ich entspannt über den Marktplatz, vorbei an einem historischen Fachwerkhaus, dessen alte Balken altersschwach im Gemäuer liegen. Und während ich den Wunsch verspüre, sie geradezurücken, öffnet sich ein Fenster. Der Kopf eines Mannes erscheint. Welch ein edles Profil, denke ich, und mir fällt sofort George Clooney ein.

Er beugt sich weit aus dem Fenster. »Ann Sophie?« Seine Stimme ist wie ein warmer Frühlingsregen, der auf eine ausgetrocknete Landschaft fällt. »Ann Sophie?«

Meint er mich? Wen sonst. Ich bin die Einzige, weit und breit. Als dann aus dem Zimmer das leise Spiel einer Geige ertönt …

Genau da. Genau da werde ich von meinen Gefühlen überfallen, mit allem, was dazu gehört. Fragend blicke ich hinauf zum Fenster, aus dem die Geigentöne immer eindringlicher zu hören sind.

Dann beugt er sich noch weiter aus dem Fenster. Die Spitze seines Geigenbogens berührt meinen Kopf. Ich springe erschrocken zur Seite und sehe, wie der Bogen an dieser Stelle außer Kontrolle gerät. Er zittert, vibriert, als hätte er eine Wasserader entdeckt.

Ich hätte einfach gehen können.

Was mich davon abhielt, war das anschließende Geigenkonzert, das aus dem geöffneten Fenster kam und mit seinem wunderbaren Spiel den Marktplatz zu einem Freilicht-Konzertsaal machte. Türen und Fenster der umliegenden Häuser wurden geöffnet. Applaus. Applaus. Einfach grandios.

Und plötzlich ist es still. Ich schaue hinauf zum Fenster.

Da treffen sich unsere Blicke exakt. Ich glaube, man nennt es »Seelenverwandtschaft«, wenn Blicke ineinander versinken, so für zwei, drei Minuten. Der Beweis? Er spricht aus, was ich denke. »Das Spielen der Violine erfordert höchste geistige Präsenz«, sagt er. »Stimmt«, sage ich und wundere mich, dass eine Geige plötzlich eine Violine ist. Und dann bietet er mir einen Schnupperkurs an. »Nur herein.« Das nennt man Glück.

Zehn arthrosefreie Finger und ein sauberes Gehör genügen. Ich betrachte meine Hände und schiebe meine langen Haare hinter die Ohren. Schnuppern verpflichtet zu nichts, denke ich, und betrete das Haus, dessen ausgetretene Steinstufen die gleiche Schräglage haben wie die alten Balken.

Alte Häuser haben ihren eigenen Geruch. Aber, nach was roch es noch?

Die Tür des Musikzimmers steht offen. Matt fällt das Tageslicht durch die Vorhänge ins Innere, auf eine Einrichtung, die eigentlich keine ist. Ein leeres Regal, ein Stuhl, ein Tisch mit einem Geigenkoffer obendrauf. Was mich berührt, ist ein lebensgroßes Poster an der Wand. Darauf eine Frau. Sie hält eine Geige im Arm und strahlt vor Glück.

Der Geigenlehrer empfängt mich mit ausgebreiteten Armen, in die ich hineinschlüpfe, als sei ich ein Küken und er der Hahn. Dass seine Körpergröße nicht die von George Clooney ist, stört mich nicht. Die rote Fliege und das passende Einstecktuch – stimmt.

Als er mich freigibt, schaut er mich lange an. »Die Ähnlichkeit mit der Geigerin Ann Sophie ist verblüffend«, sagt er und zieht seinen Atem geräuschvoll durch die Nase. Er habe mein musikalisches Talent sozusagen vom Fenster aus gerochen.

Als er den Geigenkoffer öffnet, fliegt ein Schwarm Motten erschreckt heraus. Eine davon hat den Abflug verpasst. Während die anderen sich in den Falten des Vorhangs verstecken, bleibt sie sitzen, erst auf dem Bogen, dann auf einer CD. Ihr Titel: »Fröhliche Violine für Anfänger.« Eine CD für mich? Ich betrachte das Cover und freue mich über die glücklichen Gesichter der Kinder.

»Das Geigenlernen ist kein Problem«, sagt er und schiebt mir die Geige unter das Kinn. Ein gerader Rücken ist wichtig, auch die Beinstellung, leicht gespreizt, in den Knien nicht zu steif. Die zwei Kreidemarkierungen auf dem Boden sind extra für mich. Und während ich mich positioniere, fühle ich den Druck seines Körpers in meinem Rücken. Da passte kein Notenblatt dazwischen. Von dieser rückwärtigen Umarmung aus führen wir den Geigenbogen. Gemeinsam streichen wir die Saiten. Schon wieder bin ich fasziniert. Als ich ihn nach seinen rot entzündeten Fingerkuppen frage, sagt er, das komme vom vielen Üben, vom Pizzicato oder sagte er Stakkato?

Dann überlässt er mir das Geigen. Ich entscheide mich für die Saite »D«. Die fröhliche Violine auf der CD begleitet mich. Ihr Klang ist raumfüllend und verschluckt mein Spiel. Der Geigenlehrer ist zufrieden.

»Johannes Brahms, eindeutig. Allegro giocoso, ma non troppo – vivace – Poco piu presto«, sagt er.

Applaus. Applaus.

Die Übungsstunde für morgen steht fest.

Ich laufe die Stufen hinab ins Freie. Es ist, als hätte ich die Bodenhaftung verloren.

Meine Füße schweben einem neuen Leben entgegen – ganz vorne in der ersten Reihe des Orchesters blicke ich auf den vollen Konzertsaal und spiele solo.

Die CD in der Tasche, für die ich ein weiteres Paar Schuhe hätte kaufen können, stehe ich am nächsten Tag zur verabredeten Zeit vor dem Haus. Das Schild an der Tür ist neu.

»Heute frische Hausmacher.«

Habe ich mich im Haus geirrt? Was ist passiert?

Während ich die Stufen nach oben steige, schlägt mir der Geruch von gestern entgegen, der umso intensiver wird, je näher ich dem Musikzimmer komme. Ich klopfe. Die Tür ist nur angelehnt. Und als ich eintrete, weiß ich endlich, nach was es roch. Es sind die Gerüche von Blutwurst, Leberwurst, Schinken. In dem Regal stapeln sich Würste, während auf dem Geigentisch zehn Schinken exakt ausgerichtet nebeneinander liegen.

Das Bild von der glücklichen Frau mit der Geige ist verschwunden. An ihrer Stelle hängt ein neues. Darauf eine Frau. Sie hält ein niedliches Ferkel im Arm.

Die »Fröhliche Violine für Anfänger« in der Hand stehe ich und warte.

Eine Motte lässt sich aus dem Vorhang fallen, erst auf den Schinken, dann auf mich.

FREMD

GESANG

IM NEULAND
DIE SÄTZE
VON
BÄUMEN GEPFLÜCKT
ZUCKRIG
KLEBRIG
IM MIND GESPÜRT
MIT
LANGEM ATEM
DIE HEILE
WELT PROBIERT
AN
DEN FERSEN KLEBT

HEIMAT
GESANG

IN KÜRZE

Der letzte Besuch

Es geschah in einer Geschwindigkeit, die ihn faszinierte.

Sie warf mit dem Schuh und traf den Kater. Der sprang auf den Schrank und dann auf sie, biss und kratzte kreuz und quer. Er hätte ihn beruhigen können. Vielleicht.

Es schneit seit Tagen. Heftig. Er freut sich über die wild tanzenden Flocken, die der Wind bis vor sein Fenster treibt, über die Eisblumen, die aus den Ecken der Scheiben wachsen und die Stille.

Sein Haus hat einen Kamin.

Und an der Holzwand stapelt Holz. Unter dem Schutz des Daches füllt er den Korb. Als er damit fertig ist, suchen seine Augen die Grenze, die sein Grundstück von der ebenen Landschaft trennt. Vergebens.

Der Schnee hat sie bedeckt.

Der Horizont ist fast eins mit dem Himmel, bis auf zwei vertraute Punkte. Er kennt die Häuser, die nebeneinander stehen, ihre Bewohner kennt er nicht. Aus den Schornsteinen ihrer Häuser steigt gräulicher Rauch kerzengerade den Himmel hinauf.

Es ist ein gewohntes Bild, das ihm nie langweilig wird. Nur der schneebedeckte Hügel, der ist neu. Er fällt kaum ins Auge, was zum einen an der Entfernung liegt und zum anderen an den zwei Weißtönen, die sich perfekt aneinander schmiegen. Den haben Krähen zum Treffpunkt gemacht. Dort sitzen sie um die Mittagszeit und schwatzen und picken.

Sein Haus hat eine Zufahrt.

Im Winter ist sie zugeschneit, im Sommer ein Schotterweg mit kleinen Steinchen, die unter abgebremsten Reifen fliegen und schneller sind als Katers Beine.

Ein Feuer braucht Nahrung.

Als er zwei Holzscheite nachlegt, entfacht sich die spärlich züngelnde Flamme. Sie wärmt seine Hände, sein Gesicht und den Kater. Der schleicht um eine Plastiktüte – seit Tagen. In geduckter Haltung, fast wie zum Sprung, sitzt er und starrt und läuft drumherum, mit gesträubtem Fell, stößt fauchend seine Pfote dagegen. Die Tüte kippt. Heraus fallen

Hausschuhe und ein Lippenstift. Der rollt. Der Kater erschrickt und flüchtet, erst auf den Tisch, dann auf den Schrank. Dort sitzt er mit gesträubtem Fell und wartet. Als alles friedlich bleibt, springt er herunter. Er holt sich den Lippenstift und spielt. Katz und Maus. Dann putzt er sein weißes Ohr und die Stelle, an der keines mehr ist.

Die Standuhr schlägt.

Die freut sich, dass sie steht, wo sie darf, wo sie hingehört, wie der Holzkorb neben dem Kamin und der Kater auf seinem Platz. Der unterbricht sein zufriedenes Schnurren und horcht. Sein Schwanz klopft im Takt bis zum letzten Schlag.

Das Schneetreiben hat eine Anziehungskraft.

Es zieht ihn zum Fenster – seit Tagen.

Er wird nicht müde, den Schneeflocken zuzusehen, die der Wind umherwirbelt, als wolle er ihnen das Tanzen beibringen. Rechts herum, links herum, Wiegeschritt. Es sieht schwerelos aus, was ihn fasziniert. Seine Tanzversuche waren es nicht. Er sei ein unbeweglicher Holzklotz, ein hoffnungsloser Fall, hatte sie zu ihm gesagt und wütend die

Tür von außen zugeschlagen. Und während er sich erinnert, kommt es ihm vor, als treiben seine Gedanken den Schnee zum Hügel hin.

Er hört ein Maunzen, dann ein Kratzen. Es ist der Kater. Er sitzt vor der Tür und kratzt. Als er ihn ins Freie lässt, versinkt er im Schnee. Er ruft: »Kater«, und er kommt mit dem Schwanz voran, weil er rückwärts läuft. Er zögert, in das warme Haus zu schlüpfen. »Die Luft ist rein«, sagt er zu ihm. Mit der Hand streift er den Schnee von seinem Fell. Es ist schwarz, bis auf die weißen Pfoten, bis auf das eine Ohr.

Er liebt die Stille.

Das Café in der Stadt hatte keine.

Vier Frauen saßen an einem Tisch und spielten, ohne Karten, ohne Würfel. Eine leere Sektflasche genügte. Eine dreht. Der Gewinn? War er.

Unaufgefordert hatte sie an seinem Tisch Platz genommen und von Schicksal gesprochen, hier und jetzt. Was ihn faszinierte, war, wie sie roch. Ein Lavendelfeld wuchs zwischen ihren Brüsten, so schien es, das bei jeder Bewegung ihres Körpers seinen Duft aus dem Ausschnitt ihres Kleides schickte.

Und er, der den Lavendel liebt, brannte.

Ihr Besuch war willkommen, der Zweite auch.

Das Begrüßungsritual war ihm neu. Es hatte Ähnlichkeit mit einem Herbststurm, der seinen Körper in alle Richtungen bog. Was ihm Halt gab, waren seine Finger. Die hielten sich an seiner Hosennaht fest.

Alte Häuser haben ihren eigenen Geruch.

Er hatte ihr sein Haus gezeigt, sie durch alle Räume geführt. Die Dramaturgie ihrer Gestik war eindeutig. Einem kurzen Schließen der Augen folgte ein entsetztes Kopfschütteln, das ihren rechten Zeigefinger aufforderte, über die Möbel zu streifen, was ein geräuschvolles Ein- und Ausatmen durch die Nase auslöste, deren Öffnung sie mit Daumen und Zeigefinger verschloss, während die Handfläche der anderen klatschend auf der eigenen Stirn landete. Was ihn irritiert hatte, war ihr Atem, der irgendwie herbstlich roch, nach vergorenen Pflaumen oder einem anderen Obst.

Ihr Besuch im Sommer war kein Gewinn.

Obwohl die Wärme des Spätsommers durch die geöffneten Fenster drang, die Farben der

Astern von weitem leuchteten und die Brombeerhecken voll mit Früchten waren. Es war zu heiß, zu kühl, zu feucht und überhaupt langweilig. Und der Kater ist ein Vieh. Mehr nicht. Der Birnbaum musste büßen. Übellaunig hatte sie mit dem Besenstiel auf ihn einge-schlagen. Die Früchte fielen. Der Kater sprang.

Ihr Besuch im Winter war der Letzte gewesen.

Er hatte ohne Vorwarnung den häuslichen Frieden beendet, was dazu führte, dass der Rhythmus der schlagenden Standuhr durchein-ander kam, die Flamme im Kamin sich zurückzog und zu qualmen begann. Sie hatte genug von allem und warf mit dem Schuh, traf erst ihn und dann den Kater. Der sprang auf den Schrank und dann auf sie. Er biss und kratzte kreuz und quer. Was ihr blieb, war die Flucht. Er sah ihr nach, wie sie panisch in die Landschaft rannte. Sie kam nicht weit. Sie hatte Pech. Sie fiel. Wie konnte er ahnen, dass sie liegenblieb? Er hätte sie retten können. Vielleicht.

Das Schneetreiben erlahmt.

Er hat sich einen Stuhl an das Fenster gestellt.

Auf dem sitzt er und blickt hinaus. Die Sicht ist gut. Die Wärme des Kaminfeuers hat die Eisblumen getaut. Im Zimmer ist es still, bis auf das Ticken der Standuhr und das Knistern des Holzes im Kamin. Der Kater streicht schnurrend um seine Beine, springt dann auf seinen Schoß, um seine Nase in den Dampf des heißen Glühweins zu halten.

Ein friedvolles Bild.

Vier Augen sehen das Gleiche. Zwei Häuser am Horizont, aus deren Schornsteinen gräulicher Rauch kerzengerade in den Himmel steigt, und einen schneebedeckten Hügel. Ob er mit dem Schnee gewachsen ist, interessiert die beiden nicht.

Eine Lawine rutscht vom Dach.

Ihr Aufschlagen ist leise, gedämpft. Er liebt dieses Geräusch.

Er liebt die Stille.

Er liebt Lavendel. Den echten.

Fritz König

Liebe Frauen, wenn Sie Single sind, weil Ihnen die Lust an einem Mann vergangen ist und Sie mit einem Teich im Garten glücklich sind, dann bleiben Sie dabei.

Das Ende kann ernüchternd sein. Sie stehen vor ihrem Teich und schauen hinein, sehen, wie das Wasser Kreise zieht und mittendrin macht es blubb, blubb, weil in Blasen die Luft aus dem Wasser steigt.

Dass mir kein Mann mehr ins Haus kommt, da war ich mir sicher.

Zu sicher.

Kennen Sie das, wenn ein Vorsatz als rosa Wölkchen in den Himmel steigt und nichts davon übrig bleibt?

Ich will mich wirklich nicht herausreden, wenn ich sage, die Farbe Grün spielte eine Rolle. Ich liebe alles, was grün ist. Flaschengrün, moosgrün, lindgrün. Sie glauben mir nicht? Dann besuchen Sie mich.

Diese Vorliebe hatte Folgen, es war sozusagen das außergewöhnliche Zusammenspiel von

Grüntönen, die meinen Vorsatz in ein rosafarbenes Wölkchen verwandelte.

Das kam so. Ich war gerade dabei, in meinen Mittagsschlaf zu versinken, was außerordentlich schnell geht, wenn ich mir die beruhigenden Grüntöne meiner Wände betrachte. Es klingelt. Die Mittagsruhe zu stören, ist unverschämt. Ich überlege. Aufmachen oder nicht?

Ich öffne. Nein, denke ich, ein Mann. Kann der nicht lesen? Das Hinweisschild ist nicht zu übersehen. »Kein Zutritt für Männer.«

»Ich kaufe nichts«, sage ich durch den Spalt meiner Tür. Und als ich sie schließen will, schiebt sich ein Gummistiefel durch den Spalt. Er ist grün. Erstaunlich. Das gleiche Grün wie meine Küchenwand, wie der Teppich im Wohnzimmer und noch mehr. Und als ich dann gegen meine Gewohnheit die Tür ganz öffne, trifft mich der Schlag. Seine Kleidung ist genial, ein perfektes Zusammenspiel aller Grüntöne, sozusagen. Was mich am meisten faszinierte, war seine Kopfbedeckung. Ein lindgrüner Filzhut. Die aufgespießte Libelle an der Krempe war mir ein Rätsel, wie auch seine obere Gesichtshälfte, die sich hinter riesigen

Sonnengläsern versteckte. Die Brille nicht abzunehmen ist unhöflich, dachte ich, wie sein breites Grinsen, das von einem Ohr zum anderen reicht. Ich deute auf das Verbotsschild. Es stört ihn nicht.

»Fritz König«, sagt er und verbeugt sich tief. Diese Masche zieht schon gar nicht. Aber als er mir die Sanierung meines Gartenteiches anbietet, werde ich schwach. Sie werden es nicht glauben, ich sage: »Fritz, komm rein.« Dass er seine Gummistiefel auszieht, finde ich gut, dass er weder Sonnenbrille noch Hut abnimmt, nicht.

Ein Glas Wasser? Er trinkt das Glas in einem Zug aus und das nächste auch. Nachdem die Flasche geleert ist, will er in mein Bad. Ich sitze und warte und höre, wie das Wasser rauscht. Merkwürdig.

Mit aufgeblasenen Backen, die aussehen, als hätte er rechts und links einen Tennisball darin, kommt er zurück ins Wohnzimmer. Er lässt sich schwerfällig in den Sessel fallen. Erschrocken hält er seine Hand vor den Mund, als lautstark daraus die Luft entweicht, während die andere den Bauch massiert.

Und ich lüge nicht, wenn ich sage, jede Hand hatte nur vier Finger.

Kennen Sie das, wenn die Neugier Oberhand gewinnt, man sich festbeißt, ohne es zu merken? Ich hatte so ein Kribbeln in der Magengegend, mein linkes Auge fing an zu flattern. O Gott, dachte ich. Schmetterlinge? Nein. Eine Liebesgeschichte? Nein. Damit bin ich durch, wirklich.

Aber, als er mir in meinem moosgrünen Sessel gegenübersitzt und mit seiner satten, tiefen Stimme einen Vortrag über das Leben in einem Gartenteich hält, bin ich tief beeindruckt. Der Teufel muss mich geritten haben, ich sage: »Fritz, zwei Tage, mehr nicht.«

Und sofort fängt er an, die Zeitungen auf dem Tisch zu ordnen. Dann steht er auf und spült sein Wasserglas und meine Kaffeetassen auch. Eine Zahnbürste aus der Hosentasche zu ziehen, ist okay. Aber, als er sich das Grün meiner Wände im Schlafzimmer ansehen will, sage ich: »Nein.« Diesen Trick kennt doch jede Frau.

In der Nacht wache ich auf. Ich höre Geräusche. Platsch, platsch. Ich schaue nach.

Da läuft der Fritz mit nackten Füßen vor dem Küchenfenster auf und ab und schaut zum Gartenteich hinaus. Und als ich ihn nach seinem Sanierungsplan frage, macht es: Quak. Quak, und mir ist sofort klar, dass er keinen hat.

Das gemeinsame Frühstück war seltsam. »Ein Glas Wasser genügt«, sagt er. Dann legt er ein Blechdöschen auf den Tisch. Seit wann machen Tabletten Geräusche? Das Summen und Flattern darin ist gespenstig. Als ich ihm Butter und Marmelade anbiete, verzieht er sein Gesicht. Er nimmt sich ein Brötchen und reißt es entzwei, höhlt es aus und rollt das weiche Innenleben zu kleinen Kugeln, wirft sie in die Luft und – schnapp.

Als ich auf seine Sonnenbrille deute und sage, dass über dem Esstisch keine Sonne scheint, ist er beleidigt.

Er geht in den Garten. Schweigend umrundet er meinen Gartenteich. Ich weiß wirklich nicht, wie viele Runden er drehte, an den Gräsern zupfte und an den Lilien roch, sich dann in das Gras setzte und mit bemerkenswerter Schnel-ligkeit ein Fliegenvieh nach dem anderen aus der Luft griff und dabei mit den Füßen im Wasser plantschte.

Was danach passierte, wird Ihnen vielleicht bekannt vorkommen. Er bückte sich. Ein Schrei. »Das Kreuz«, sagt er mit schmerzverzerrtem Gesicht. Ich betrachte seine ungewöhnlich platten Füße, kein Wunder. Auf allen Vieren schleppt er sich in die Küche und legt sich bäuchlings auf den Tisch. Er will eine Massage. Ich habe die Nase gestrichen voll.

Dann setzt er dem Ganzen die Krone auf. »Mein Bett sei besser für seinen Rücken«, sagt er und ehe ich es verhindern kann, liegt er frech in meinen Federn.

Da liegt er in meinem Bett und bläst die Backen auf, sagt zwischendurch »Quak, Quak.«

Und während er so vor sich hin quakt, verrutscht seine Sonnenbrille und zeigt seine Augen. Sie wölben sich aus seiner Stirn heraus. Merkwürdig.

Das dicke Ende steht noch aus.

Es ist mitten in der Nacht. In meinem Schlafzimmer tut sich was.

Ich höre Geräusche. Unter all den Möglichkeiten, die ich mir vorstelle, entscheide ich mich für einen Ballon, aus dem die Luft mit lautem Getöse entweicht.

Das Geräusch ist in der Wiederholungsschleife, wird nur durch ein Ächzen und Stöhnen unterbrochen. Dann ist es still.

Und in diese Stille hinein höre ich: Platsch. Platsch.

Von meiner unfreiwilligen Schlafstelle auf der Couch aus höre ich das Platsch immer näher kommen und ehe ich mich versehe, springt mir was Glitschiges auf die Brust, hangelt sich den Hals hinauf und berührt meine Unterlippe. Als ich erschrocken danach greife, flutscht es mir aus der Hand und springt auf das offenstehende Fenster zu.

Da sitzt ein Frosch auf der Fensterbank und glotzt mich an.

Und als ich rufe: »Fritz«, setzt er zum Sprung an. Er springt in den Garten und weiter in großen Sätzen über den Rasen und weiter in das algengrüne Wasser des Teiches hinein.

Noch einmal taucht er zwischen den Lilien auf. Aus seinem aufgerissenen Maul schießt blitzartig die Zunge heraus und fängt eine Fliege.

Sie glauben, ich habe Ihnen ein Märchen erzählt?

Also: Dass ein Mann sich verwandeln kann, so nach und nach, wenn von einem Prinzen nichts übrigbleibt, ist das nichts Neues.

Aber, wenn er sich in einen Frosch verwandelt, vielleicht doch.

RICHTWERT

EIN KLOTZ
AM BEIN
BESCHWERT
DEN SCHRITT
DER DUMPF
ERTÖNT
BEI JEDER
ZAHL
VON EINS
BIS ZEHN

ES WACHSEN
FLÜGEL

VERSPROCHEN

Vermutungen

Da stehen wir also und haben das gleiche Problem, sein unleserliches Gekritzel zu entziffern. Halten den Fetzen Papier in die Schräge, um die Zahlen zur Ordnung zu rufen.

Die Drei könnte eine Fünf sein, die Eins eine Sieben usw.

Als wollten die Zahlen uns an der Nase herumführen, haben sie ihre runden Bäuche und spitzen Winkel abgelegt.

Wo kämen wir hin, wenn Zahlen sich nach Lust und Laune verändern, sich nicht an die Regeln halten?

Ins Chaos.

Sie meinen, im Chaos werden die Karten neu gemischt?

Ein kreativer Akt sozusagen? Ihre Fantasie in Ehren. An was soll die Welt sich halten, wenn eine Sechs einfach den Kopfstand macht?

Zahlen bleiben Zahlen. Basta.

Wurst ist nicht gleich Wurst, hatte er heute zu mir gesagt, als ich einhundert Gramm Salami verlangte, wie jeden Dienstag. Und ich hatte die Gelegenheit genutzt und ihm gesagt: »Zahlen haben runde Bäuche und spitze Winkel, schon immer, und eine Endsumme ist eine Endsumme.«

Konnten Sie ihn damit beeindrucken, was hat er erwidert?

Nichts. Er hat einfach mit den Schultern gezuckt. Er wirkte so abwesend. Als hätten Salamipreis, Endsumme und Wechselgeld seine Bedeutung verloren. Als wäre seine alte Welt den Bach hinunter geschwommen.

Haben Sie früher jemals die Endsumme kontrolliert? Blind vertrauen konnte man den scharf gestochenen Zahlen. Vorbei. Seine früheren Beteuerungen von Liebe zum Handwerk, von Verpflichtungen uns gegenüber, auf ewig und ich habe seine ausgestreckten fettigen Finger zum Schwur vor Augen, haben sich aufgelöst in heiße Luft.

Sie erinnern sich an die ersten Anzeichen einer Veränderung genau?

Ich auch. Angeführt von einem gekochten Vollkornspaghetti, den er um den obersten Knopf seines Kittels wickelte, folgten Möhren, deren Grün aus der Brusttasche hing und sich später in ein zusammengefaltetes Notenblatt verwandelte, auf das er ständig schaute und summte.

Wenn sie das so sagen, fällt mir Mozart ein, den ewig streunenden Pudel aus dem Nachbarhaus, der regelmäßig die Tafel vor dem Eingang bepinkelte. Er hat sich verdrückt. Mit eingezogenem Schwanz läuft er auf der anderen Straßenseite und warum? Er ist irritiert. Ihm fehlt das gewohnte Geschrei von drinnen: »Ich mache Hackfleisch aus dir.« Das Gefuchtel mit dem Fleischermesser.

Was fängt ein Pudel mit dem verständnisvollen Blick eines Fleischers an, wenn er ihm das Sonderangebot von der Tafel pinkelt?

Ich sage nur, Mozart ist der beste Beweis für seine Veränderung.

Was ist falsch an dem Satz: »Ein Pfund Schweinefleisch aus der Hinterbacke, einhundert Gramm Schinken aus der Nuss?« Er hat mich angeschaut, als rede ich Chinesisch. Als hätte ich ein Problem und nicht er.

Kartoffelkunstsalat oder Kunstkartoffelsalat. Ich erinnere mich nicht mehr genau, was er sagte. Es war eindeutig ein Hasenkartoffelsalat, ein aus Kartoffelsalat geformter Hase, den er aus dem Kühlschrank hervorzauberte, der übergewichtig auf einem Tablett saß, wie ein aus dem Hut gezaubertes Kaninchen.

Es war etwas Feierliches in seiner Stimme, als er sagte: »Ich beschreite einen neuen Weg.« »Jetzt kommt das Kreative« oder so ähnlich.

Aber ich sagte: »Schweinefleisch aus der Hinterbacke und Schicken aus der Nuss, so wie immer.«

Kaum ist der Laden leer, verschwindet er im Hinterzimmer, um Klavier zu üben.

Die Tonleiter rauf, die Tonleiter runter, rauf und runter.

Eine bekannte Melodie? »Er sei erst am Anfang«, sagte er. Geduld. Und als ich auf seine blütenweißen Handschuhe starrte, kam er um eine Erklärung nicht herum: »Es gehe um eine saubere Trennung von Wurstfett und Kunst.«

Unverständlich, nennen Sie seine Bemerkung?

Das Einzige, was sie interessiere, sei der Zeitpunkt, an dem sein normales Leben aus den Fugen geriet, als die Zahlen anfingen, sich in ein undeutliches Gekritzel zu verwandeln, ihr Vertrauen zu bröseln begann, weil das Wechselgeld nicht mehr stimmte?

Ich sage: »Einundzwanzigster Juni letzten Jahres.« Ich erinnere mich genau, weil es das erste Mal war, dass er sich verspätete. Und ich schwöre, es hat seine Richtigkeit, wenn ich Ihnen schildere, was ich durch die Spalten des Rollladens sah. Er war dabei, mit der Spitze des Fleischermessers ein Päckchen zu öffnen.

Der Inhalt? Zwei blütenweiße Stoffhandschuhe. Er zog sie an und zog sie aus, immer wieder.

»Zehn Minuten Verspätung sind genug«, dachte ich, balle die Faust, um zu klopfen. Eine innere Stimme sagte mir: »Halt.« Und ließ mich dann im Regen stehen, ohne eine Erklärung hinterherzuschicken. »Um was geht es?«, dachte ich. »Was bringt es, erst die Handschuhe auf die Waage zu legen und anschließend zwei Scheiben Schinken? Als wäre es nicht eindeutig, dass ein Schinken mehr wiegt.«

Ich bin sauer. Keine Entschuldigung wegen der Verspätung. Dann irritiert. Sein Gesichtsausdruck war irgendwie gehetzt. Dann tat er mir leid. Mit einem Geschirrtuch polierte er die Waage, als wolle er Spuren beseitigen. Als wäre es nicht genug, fing das Licht der Deckenbeleuchtung an zu spinnen. Ein durchgeknalltes Lichtspektakel auf Wurst und Schinken, auf meinem Gesicht. »Gespenstisch«, sagte ich zu ihm. »Bis später«. Und dann bleibt meine Hand, die nach dem Türgriff fasst, in der Luft hängen, als gehöre sie nicht zu mir.

Herein kommt eine Frau, die nicht in diese Gegend gehört, eine sonderbare Erscheinung in einem kunterbunten Gewickel von Tüchern und rot gefärbtem Haargestöber.

Und es ist mehr als eine Vermutung, wenn ich sage: Sie ist der wahre Grund für dieses unleserliche Gekritzel, die Unlust auf alles, was normal ist.

Sie führt ihn aus wie einen Schoßhund, meinen Sie? Jeden Samstag, um die gleiche Zeit, trägt er ihr einen Stoß beschriebene Blätter hinterher, als wäre es eine dreistöckige Hochzeitstorte?

Sie laufen über den Holzsteg. Sie schauen in das Rinnsal, in dem sich mühsam das Wasser quält und sie sagt, es sei alles im Fluss oder so ähnlich. Im Fluss?

Sie wissen von nichts? Sie wissen wirklich nichts?

Sie schreibt einen Roman. Sie hat es ihm erzählt. Er hat es mir erzählt. Und Ihnen nicht?

Einen Roman? Einen dieser dicken Schinken? O Gott!

Da stehen wir also und starren hinauf zum sechsten Stock, in dem sie wohnt, alleine, und schreibt, vermutlich. Sie habe das alte Leben hinter sich gelassen, es sozusagen über die Balkonbrüstung geworfen. Sich befreit. Mit einem einzigen Befreiungsschlag, ruckzuck, runter damit.

Und er? Von wegen, einen neuen Weg beschreiten.

Ich vermute eine Kontamination. Wursteln und schreiben, sozusagen.

Sie meinen, das gehöre sowieso irgendwie zusammen?

Ich denke, wir sollten ihn trotzdem warnen.

PROMPT

SCHMILZT
DER SCHNEE
VON GESTERN
IN
FEUCHTER ERDE
BAUSCHT SICH
WAHRHEIT NEU
FRIEDEN AUF ERDEN
VERSPROCHEN

HEUTE
MORGEN
IRGENDWANN

VOM HIMMEL
FÄLLT SCHNEE
VON
GESTERN

Kurzer Prozess

Heute ist der 13. Januar.

Ein frostiger, vielleicht auch schicksalshafter Morgen.

Ein paar Sonnenstrahlen schieben sich gerade durch die Wolken, als hätten sie Erbarmen mit der frierenden Justitia, die geduldig ihre Waage in den Lärm der vorbeifahrenden Autos hält.

Es ist 9.20 Uhr.

In einigen Minuten werden wir mit unserem Kamerateam das Gerichtsgebäude betreten, um Ihnen live von einem außergewöhnlichen Prozess zu berichten, dessen Ausgang, man könnte sagen, in den Sternen steht. Alles ist offen auf der bunten Palette der Rechtsprechung. Wir sind gespannt, nach welcher Seite die Waage sich neigt. Und wir machen einen Schwenker auf die steinerne Justitia, der die Kälte einen frostigen Glanz verleiht, auch ihrer abgebrochenen Nase, die in der rechten Waagschale in ihrem eigenen Gebrösel liegt, während eine leere Bierdose in der linken darauf hinzudeuten scheint, dass dieser

Prozess die Nation in zwei Hälften zu spalten droht.

Eine Gruppe Frauen biegt eilig um die Ecke. Sie tragen ein Transparent vor sich her, dessen Aufschrift kaum zu entziffern ist.

Und es stellt sich die Frage: Was ist ein Transparent wert, wenn der Text nicht zu lesen ist, als hätten die Buchstaben im Regen Tango getanzt? Die letzte der Frauen zieht einen alten Staubsauger hinter sich her, dessen Marke wir nicht nennen dürfen, ein verbeultes Etwas, dessen Räder sich lautstark gegen das Ziehen wehren. Es ist berührend zu sehen, wie eine der Frauen Justitia einen wärmenden Schal um die Schultern legt. Ob es hilft? Wir werden sehen.

Es gibt Tumult. Was ist da los? Unsere Kamera schwenkt dort hin. Fünf Männer, aus deren ausgebeulten Manteltaschen Bierdosen schauen, versuchen sich Zutritt zum Gerichtsgebäude zu verschaffen.

Zu spät sagt man ihnen, der Prozess sei schon im Gange.

Ob diese offensichtliche Unwahrheit ein schlechtes Omen ist?

Dem Kameramann fliegt eine Bananenschale um die Ohren. Es wird Zeit, in den Schutz des Gerichtsgebäudes zu kommen. Wir fahren mit der Kamera den Flur entlang. Vor der Tür Nummer 26 sehen wir die Angeklagte mit ihrem Verteidiger stehen. Ihr rechter Fuß ist eingegipst. Wären wir nicht zu einer neutralen Berichterstattung verpflichtet, könnte man sich die Frage stellen, ob es sich um eine echte Verletzung oder um einen Schachzug der Verteidigung handelt?

Der Saal ist voll besetzt. Auffällig ist die Sitzordnung, die die Frauen nach rechts und die Männer nach links befiehlt. Während die Männer in stoischer Gelassenheit mit verschränkten Armen auf ihren Stühlen sitzen, ist bei den Frauen eine deutliche Unruhe zu spüren, die sich darin zeigt, dass sie nicht aufhören, in ihren Taschen nach unsichtbaren Dingen zu suchen.

Eine Tür öffnet sich. Der Richter und zwei Geschworene betreten den Raum. Während sich alle von ihren Plätzen erheben und die Hände andächtig vor ihren Bäuchen falten, als erwarten sie den Segen des Herrn, bleibt die

Angeklagte respektlos sitzen. Unglaublich, was sich dann ereignet. Als wäre es nicht genug, legt sie ihren Gipsfuß auf den Tisch, was bei den Zuschauerinnen einen spontanen Beifall auslöst. Das Gebimmel eines Glöckchens schafft Ruhe. Es verspricht, spannend zu werden.

Der Prozess beginnt.

Die Anklage: Der hier anwesenden Angeklagten wird von ihrem Ehemann vorgeworfen, das Familienmitglied Mielchen zum wiederholten Male misshandelt zu haben.

Der Staatsanwalt bekommt das Wort.

Hohes Gericht, sehen Sie sich die Angeklagte an.

In einem Alter, dem man Reife zuspricht, Fürsorge, Verantwortungsgefühl, naturgegebenes Muttergefühl sozusagen, hat sie versagt. Nach außen hin, freundlich, pünktlich, immer zu Diensten, wird sie in ihren eigenen Räumen zu einer pathologischen Person. Das Opfer Mielchen, dessen Martyrium von ihrer Umgebung nicht verhindert wurde, obwohl die verdächtigen Geräusche in der Nachbarwohnung deutlich zu hören waren, war schutzlos der gewalttätigen Angeklagten ausgesetzt. Ich lege Ihnen dieses Foto vor.

Der Richter schaut kurz auf das Foto, dann auf seine Uhr, was vermuten lässt: Die vorgegebene Zeit ist knapp.

Der Verteidiger hat das Wort.

Der Verteidiger, dessen Kopf gefährlich nahe über der Tischplatte schwebt, als sei er kurzsichtig oder übermüdet, blättert in den Akten und schweigt. Er wirkt desorientiert und in sein hilfloses Schweigen, das irgendwie peinlich ist, mischt sich sein Räuspern. Das ist schwach.

Eine Unruhe unter den Geschworenen macht sich bemerkbar. Ihre Geduld scheint am Ende. Aber einem stockenden Prozess die Sporen zu geben, ist ihnen verboten. Der Richter greift ein.

Endlich.

Angeklagte, es würde das Verfahren verkürzen, wenn Sie einfach gestehen. Soweit ich den Akten entnehmen kann, hatten Sie die besten Voraussetzungen für einen guten Start ins Leben, und das, obwohl Sie eine komplizierte Zangengeburt waren.

Angeklagte, können Sie sich daran erinnern, zu welchem Zeitpunkt Ihr Verhalten eine pathologische Richtung bekam, Ihre Fürsorge für Mielchen ins Wanken geriet?

Die Angeklagte nimmt ihren Gipsfuß vom Tisch und steht auf. Das weiße Häufchen Gipsgebrösel, das zurückbleibt, ist für die Kamera interessant. Fahren wir näher, es könnte ein Indiz sein, dass die Anbringung des Gipses keine medizinische Grundlage hat.

Es ist erstaunlich, was die Angeklagte sich traut. Der Verteidiger, der sich gerade erheben will, wird von ihrer Hand in den Stuhl gedrückt.

Die Angeklagte: Euer Ehren, ich bin mir des Vorteils durchaus bewusst. Meine Lebensabschnitte waren optimal. Schulbildung, Ausbildung, Heirat, dann kam Mielchen in unser Leben. Wir hatten ein komplettes Glück. Es hätte so bleiben können, wäre da nicht ein unerwarteter Zustand eingetreten. Die Unfähigkeit meines Mannes das Mielchen zu lieben, war für mich ein Schock. Er weigerte sich, sie zu berühren. Seine Ausreden waren fadenscheinig und verletzten mich tief. Ich frage das Hohe Gericht: Haben Sie jemals von einer allergischen Reaktion gehört?

Angeklagte, mäßigen Sie sich. Die Fragen stelle nur ich. Eine allergische Reaktion zu ignorieren, ist fahrlässig.

Sie hätten gelitten, sagen Sie, das Gefühl von Ausbeutung habe sich wie ein Stein auf Ihr Gemüt gelegt? Und dann, Angeklagte, haben Sie sich gerächt. Geben Sie es zu. Die Beweise liegen auf dem Tisch. Das Foto ist gut getroffen. Mielchen liegt mit abgerissenem Schlauch, zerkratzt und voller Dellen, auf dem Rücken und streckt ihre Räder der Zimmerdecke entgegen. Der Richter hält ihr das Foto hin. Dann tritt ein, womit niemand gerechnet hat. Die Angeklagte bricht in Tränen aus und es ist erstaunlich, wie solidarisch die weiblichen Zuhörerinnen sind, die in ihren Taschen nach Taschentüchern suchen, während die Männer genervt die Augen verdrehen. Als dann auf der linken Seite der unerlaubte Klingelton eines Handys verkündet: »Es gibt kein Bier auf Hawaii«, kann keiner der männlichen Zuschauer das Lachen verkneifen.

Der Richter fordert: Ruhe im Saal.

Angeklagte, haben Sie noch etwas hinzuzufügen?

Ich bin das Opfer, Hohes Gericht. Alleine gelassen und ausgebeutet.

Das reicht, Angeklagte, setzen Sie sich.

Im Namen des Volkes spreche ich folgendes Urteil:

In Anbetracht dessen, dass die Angeklagte bis heute nicht straffällig geworden ist, einer geregelten Arbeit nachgeht und bis auf ihre häuslichen Anfälle ein geregeltes Leben führt, lassen wir Milde walten. Der Verdacht eines psychischen Notstandes ist jedoch nicht von der Hand zu weisen. Zu klären, ob äußere Umstände oder eine psychische Erkrankung für das Treten von Mielchen verantwortlich sind, liegt nicht in unserem Ermessen.

Angeklagte, zwanzig Therapiestunden werden Licht in Ihr Leben bringen, werden Ihnen helfen, Ihre verschütteten Gefühle für Mielchen neu zu entdecken. Des Weiteren eine Spende von Euro zwanzig an das Müttergenesungswerk, eine Spende von Euro fünfhundert an das Heim für gestrauchelte Männer. Die Sitzung ist geschlossen.

Meine Damen und Herren, das war das Ende.

Von der anfänglichen Spannung ist wenig geblieben. Auf und unter den leeren Zuschauerbänken langweilt sich zerknülltes Bonbonpapier.

Wo ist die Angeklagte? Fühlen Sie sich gerecht behandelt, hätten wir sie gerne gefragt. Doch wir müssen uns begnügen mit dem dumpfen Pochen ihres Gipsfußes, der es eilig hat, durch den Hinterausgang zu verschwinden.

Wir verlassen den Gerichtssaal in der Hoffnung, ein paar Meinungen von den Zuschauern zu dem Urteil einfangen zu können.

Hallo, wir sind vom Sender TRL. Haben Sie ein paar Minuten Zeit? Gnädige Frau, was halten Sie vom Ausgang des Prozesses?

Ich bin wütend. Ich habe mit einem Freispruch gerechnet. Das ungerechte Urteil des Richters ist ein Skandal und sitzt wie ein Kloß in meinem Hals, der nicht weiß, ob er ans Licht oder in die entgegengesetzte Richtung will. Die Verhandlung war zu kurz, den Verteidiger konnte man in der Pfeife rauchen, der Ehemann hat sich dünn gemacht. Die Angeklagte selbst ist das Opfer. Ich kann nur sagen, der Prozess war eine Schmierenkomödie vom Feinsten. Auf Wiedersehen.

Hallo, haben sie ein paar Minuten Zeit? Sie sind Herr König. Auf Ihrer Stirn sehe ich tiefe Falten. Sind Sie verärgert?

Ich habe mein Vertrauen in die Justiz verloren. Meine Hoffnung auf ein gerechtes Urteil ist den Bach hinuntergeschwommen. Herr König, das klingt ganz so, als hätten Sie die Angeklagte gerne hinter Gittern gesehen?

Sie schweigen? TRL wünscht einen guten Nachhauseweg.

Zum Abschied ein Schwenker mit der Kamera in den Himmel, in dem sich die Sonne unter der Wolkendecke verkrochen hat und auf den menschenleeren Platz, auf dem Justitia frierend steht.

Der wärmende Schal ist von ihren Schultern gerutscht. Ob es an dem Ungleichgewicht der Waagschale liegt, deren linke Hälfte sich zur Erde neigt? Kein Wunder, sieben halbvolle Bierdosen haben ein Gewicht.

SAG

WO MUSS ICH
LAUFEN
VON HIER
NACH DORT
ÜBER DAS
WASSER MIT
NACKTEN FÜßEN?
OHNE SEIL
DEN BERG ERKLIMMEN?

ALS WEGZEHRUNG
DIE ERINNERUNG
HEIß, KALT

Blind Date

»Endstation!«

Die Ansage ist vollkommen überflüssig.

Wie soll ein Bus weiterfahren, wenn ihm eine Schranke den Weg versperrt, rechts ein Bach fließt und links nichts ist, außer einem Stoppelfeld? Zur Bekräftigung zieht der Busfahrer ein Mikrofon zu sich heran und wiederholt seine Ansage, als gelte es, einer Reisegesellschaft die Welt zu erklären.

Die Reisegesellschaft? Bin ich. Als ich aussteige, schenkt mir der Busfahrer ein mitleidiges Lächeln, das ich einer menschlichen Fürsorge zuordne, wie zum Beispiel: Zieh Dich warm an oder so ähnlich.

Ich stehe also in einer herbstlichen Landschaft, die meinem Auge nichts bietet, außer Erdschollen, die durch den Bodennebel scheinen, wie in Rauch gehüllte Maulwurfhügel.

Ich friere und denke an meine Wohnung, in deren Wärme die Idee eines Schreibseminars gedieh wie eine gehätschelte Zimmerpflanze.

Das kam so. Vor meiner Wohnungstür lag ein Prospekt mit dem Bild eines blühenden Bauerngartens, was mich faszinierte, wie der Satz: »Schreiben lernen, ganz einfach.«

Der Satz füllt eine Sprechblase, deren zipfliges Ende im Mund einer Frau verschwindet. Ich blättere um und lese: »Schreibseminar in der Natur. Kommen sie als unbeschriebenes Blatt, kommen sie bald.« Ihr Fred Hanebüch. Kursleiter mit Diplom.

Und schon sah ich mich schreibend in einem Bauerngarten voll blühender Astern und Sonnenblumen mit gekreuzten Beinen unter einem Kirschbaum sitzen, während ein sanftes Lüftchen die Sätze wie reife Kirschen von den Ästen weht, während Hanebüch, die Kerne der Sonnenblume kauend schwelgt: »Weiter so.«

Ein bisschen Vorbildung kann nicht schaden.

Ich kaufte mir ein Buch, das den Titel hatte: »Über das Schreiben.«

Ich konnte es nicht abwarten und steuerte die nächste Parkbank an, was mir als deutliches Zeichen einer schriftstellerischen Veranlagung erschien. Als ich das Buch aufschlage, freue ich mich über das Lesezeichen.

Ein Kleeblatt aus Papier bringt Glück.

Ich betrachte seine Rückseite und lese: »Die Arbeit des Autors ist vielleicht ganz anders, als sie denken.«

Ich überlege, wie das gemeint ist und betrachte das Cover, auf dem eine Treppe in den Keller führt oder sonst wo hin. Nun stehe ich in einer Landschaft, die nichts, aber auch gar nichts mit einem blühenden Bauerngarten zu tun hat. Ein Pfeil aus Pappe hilft mir weiter. Folgen Sie mir. Der Absender: »Schreibseminar Hanebüch.«

Ich laufe. Ich laufe dem Pfeil nach, der mich auf die Reifenspuren eines Traktors schickt, laufe frierend über frostige Grasbüschel und erinnere mich an die Vorfreude, die mir die Seite drei des Buches beschert hatte. »Werden Sie zum Schöpfer, zum anbetungswürdigen Erbauer Ihres Textes.«

Während ich mich daran erinnere, habe ich ein schlechtes Gewissen.

Vorkenntnisse sind nicht erwünscht.

Die wärmende Sonne kommt und verwandelt die dampfenden Maulwurfhügel in das, was sie sind, in umgepflügte Erde.

Ich folge den Reifenspuren des Traktors. Sie führen an einem Strauch vorbei, an dessen Ästen der nächste hanebüchige Hinweis hängt. Was mich irritiert, ist der Pfeil, dessen Spitze rückwärts weist. Was gibt es hinter meinem Rücken zu sehen? Ich drehe mich um. Eine Krähe ist nichts Besonderes an sich, wenn sie weit genug entfernt ist. Aber diese scheint sich an meine Fersen heften zu wollen, läuft mir hinterher, mit wild schlagenden Flügeln und krächzt. Mein in die Hände klatschen zeigt keine Wirkung. Ich werfe einen Maiskolben, der am Wegrand liegt. Ein Fehler.

Sie sind zu fünft. Herbeigerufen durch das Gekreische meiner verärgerten Verfolgerin kommen sie angeflogen und kreisen über meinem Kopf. Ich laufe schneller, laufe auf die undeutlichen Umrisse eines Gehöftes zu. Und plötzlich, wie mit der Schere gekappt, verstummt das Gezeter. Die Krähen treten den Rückzug an, als sei der Teufel hinter ihnen her.

Mein Atem beruhigt sich. Ich habe mein Ziel erreicht. Was sich mir zeigt, sieht wie eine Festung aus, deren Mauern aus alten Steinen bestehen. Drei altersschwache Dächer erheben sich darüber, in U-Form miteinander verbunden scheinen sie sich gegenseitig zu stützen. Ich überlege, ob das Holztor der Eingang ist. Einen Blick ins Innere, durch die Ritzen der Bretter zu werfen, gelingt mir nicht. Harz versperrt die Sicht. Sein Geruch ist eindeutig, was sich darin vermischt, nicht.

Ich will mir ein Bild machen, von außen.

Den Geschmack des Harzes auf der Zunge umrunde ich das Gehöft, das nur wenige Fenster hat, mit Scheiben, die hinter rostigen Gittern blind in die Landschaft schauen. Und plötzlich rieche ich Kohl. Kein Bauerngarten riecht so, oder? Die Umrundung der Mauern endet vor dem Holztor. Hatte ich den Hinweis übersehen? Es ist ein Pappschild, wie gehabt. Es schaukelt an einem Nagel hängend hin und her, obwohl kein Lüftchen weht. Ich lese: »Vegetarisches Schreibseminar, Fred Hanebüch.«

Vegetarisch?

Ich erinnere mich nicht, das Wort »vegetarisch« im Prospekt gelesen zu haben. Nur an abgespeckte Sätze, irgendwo in der Mitte des verbotenerweise angelesenen Buches, auch an die Empfehlung: »Notieren Sie Eindrücke auf der Stelle.« Also nehme ich meinen Rucksack von den Schultern, krame einen Block und einen Kugelschreiber hervor und schreibe meinen ersten Satz: »Es riecht nach Kohl.« Als ich dabei bin, der Aussage ein Ausrufezeichen zu verpassen, werde ich unterbrochen. Ein metallenes Auge schiebt sich geräuschvoll aus der Mauer. Erschrocken reiße ich die Seite aus dem Block. Ein unbeschriebenes Blatt ist weiß. Das metallene Auge zwinkert mir zu. Erst rot, dann grün.

Bei Grün öffnet sich das Tor so weit, dass ich mich seitlich hindurchschlängeln kann. Es schließt sich. Ich staune. Ein Bauerngarten mit duftenden Blumen und einem Kirschbaum mittendrin ist das nicht. Intensiver Kohlgeruch liegt über dem Innenhof, in dem sich ein Kohlkopf an den anderen reiht. Umkehren ist keine Alternative. Das Tor ist zu. Der einzige Weg durch dieses Feld ist eine schmale Sandspur, an deren Ende sich eine Treppe zum Haus befindet. Es sind drei Holzstufen, in deren Mitte sich ein grüner Farbstrich in die Höhe zieht, an dessen Ende die Spitze eines

Pfeils auf die Eingangstür zielt. Soll ich klopfen, rufen oder einfach warten?

Die Entscheidung wird mir abgenommen. Die Tür öffnet sich.

Heraus tritt er. Hanebüch. Kein Zweifel. In der Hand eine Sonnenblume ist er absolut identisch mit seinem Prospekt, bis auf eine kleine Abweichung. Seine Nasenspitze ist gelb bestäubt, die Feder in seinem Haar ist schwarz.

Bin ich die Erste? Die Letzte? Ich bin die Einzige. Zum Seminarraum gerade aus, dann rechts. Was mich erwartet, ist sehr spartanisch. Das Licht einer dreiarmigen Deckenlampe wirft ihr Licht auf die Fotografie eines Bauerngartens, in dem Astern und Sonnenblumen um die Wette blühen, auf einen Tisch und seinen Stuhl, auf die Innenseite der Tür, die sich mit dem Plakat eines schiefen Turmes schmückt. Verwirrend ist der zweite Stuhl. Auf ihm thront ein Kohlkopf in voller Entfaltung. Ich nehme meinen Rucksack von den Schultern und warte. Und während ich warte, höre ich ein leises Blubb, Blubb und dazwischen ein Gekrächze, das verstummt, als Hanebüch den Raum betritt.

»Herzlich willkommen«, sagt er und reicht mir einen Teller mit Begrüßungshäppchen, kleine Kohlröllchen, aus denen eine klebrige Masse fließt. Ich schiebe mir eines davon in den Mund. Was mir schmeckt, ist der Honig, den ich von meinen Fingern lecke.

Das Seminar beginnt, so scheint es.

Hanebüch legt einen Stoß beschriebener Blätter auf den Tisch und geht. Mein Schreibblock ist überflüssig, nur der Kugelschreiber nicht. In den Texten sind Lücken. Ich weiß Bescheid. Nur Worte ergänzen. Ganz einfach. Zwischen dem Ausfüllen der Textlücken wandern meine Blicke zum Kohlkopf hin. Ist das wurmige Treiben auf den Blättern als Inspiration gedacht? Ich schaue auf die Uhr. Das letzte fehlende Wort ist eingesetzt. »Der frühe Vogel fängt den Wurm.« Ganz einfach. Ich bin fertig. Und jetzt? Soll ich mich melden? Ich laufe zum Fenster, schaue in den Innenhof und sehe Hanebüch, der mit gekrümmtem Rücken durch das Kohlfeld läuft.

Plötzlich schwebt ein modriges Lüftchen durch den Raum. Meine Nase sucht die Quelle und bleibt an einem längs verlaufenden Spalt in der Tapete hängen. Als ich mit meiner Hand darüber streiche, bewegt sich was. Es ist eine Tür. Ich schiebe sie auf. Die Luft, die mir entgegenweht, ist feucht und stickig.

Ein Keller, der im Dunkeln liegt, ist nichts Besonderes an sich, aber wenn am Ende ein Licht schimmert, vielleicht doch. Ich taste mich vorsichtig hinab, Stufe für Stufe. Das Licht einer nackten Glühbirne erleuchtet einen Raum, dessen Eingang durch ein grobmaschiges Gitter versperrt ist. Ich schaue hindurch und staune. Auf dem Boden stehen blaue Steintöpfe, deren Holzdeckel sich heben und senken. Eine säuerlich riechende Blase entweicht und schickt ein paar Kohlstreifen über den Rand. Die Blase platzt. »Blubb.« Aus der Ecke des Raumes kommt ein Geräusch. Ich kann kaum glauben, was ich sehe. Es ist eine Krähe, die keine Schwanzfedern hat. Sie hockt auf einem Stoß beschriebenem Papier und frisst. Die Schalen der Sonnenblumenkerne fallen auf den Boden und jede einzelne trifft das Häufchen genau.

Als ich in den Seminarraum zurückkehre, ist meine schriftstellerische Arbeit verschwunden.

Das Seminar ist zu Ende, so scheint es. Hanebüch betritt den Raum. Eine gewisse Feierlichkeit ist deutlich zu spüren, als er sagt: »Glückwunsch, sie haben bestanden.« Aber was ist mit seiner Stimme passiert? Sie hört sich heiser und irgendwie krächzend an. Zu der schwarzen Feder im Haar hat sich eine Zweite gesellt.

Er überreicht mir ein Diplom. Es gefällt mir. Der Stempel mit dem Bild einer Krähe ist gut zu erkennen, seine Unterschrift nicht.

Ich bekomme ein Abschiedsgeschenk. Eine Streichholzschachtel. Ich öffne sie und bin überrascht. Auf einem Stück Kohl räkelt sich ein Wurm und frisst.

Er ist grün, mit braunen Borsten und erinnert mich, dass ich hungrig bin. Ich zahle den Aufpreis für dieses Geschenk und laufe durch das weit geöffnete Tor in eine Landschaft hinein, die nichts, aber auch gar nichts mit einem blühenden Bauerngarten zu tun hat, vorbei an abgeernteten Feldern, über die sich der Abend senkt.

Das Lesezeichen im Buch »Über das Schreiben« hatte recht.

»Die Arbeit des Autors ist vielleicht ganz anders, als sie denken.«

Jetzt weiß ich, was damit gemeint ist und habe das Cover vor Augen, auf dem eine Treppe in den Keller führt oder sonst wohin.

Im Fokus

Meine erste Begegnung mit KI.

Vielleicht gehören Sie zu den Fortschrittlichen, die sich ihr Frühstücksbrötchen nicht mehr selbst schmieren, was sicher ein Gewinn ist, beide Daumen freizuhaben, um zu posten, dass sie kurz davor sind, ein Brötchen zu essen.

Und ich mache mir Gedanken über den gestrigen Artikel im Heimatblatt. Der Kaninchenzuchtverein berichtet von einer unbekannten Krankheit der Kaninchen, deren dicke Zunge über die Schneidezähne quillt und das Knabbern einer Mohrrübe unmöglich macht.

Das Schlusswort des Artikels: Informatiker empfehlen eine Zungendiagnostik, schnell und unkompliziert mit Hilfe von künstlicher Intelligenz.

Und damit bin ich am Anfang meiner Geschichte, die mit meinem Krankheitsbild beginnt, das mich wie ein Blitz aus heiterem Himmel traf. Die Symptome: Eine geschwollene Zunge, die aus Platzmangel aus dem Mund drängt, als gehöre sie einem dehydrierten Pudel oder einem erkrankten Kaninchen.

Meine Stimme, die sonst außerordentlich melodisch klingt, hört sich plötzlich an wie das Krächzen einer Krähe und weigert sich bestimmte Buchstaben auszusprechen.

Und plötzlich ist sie weg, hat sich ohne Ankündigung nach nur einer Seite Textlesen komplett verabschiedet und hinterlässt eine peinliche Stille, die so still ist, dass sie einer fallenden Stecknadel Gehör verschafft.

Der Gang zum Hausarzt ist unausweichlich.

Mein Hausarzt.

»Ein Anruf genügt, zu jeder Zeit.« Ich habe seine sonore Stimme im Ohr, die, ich muss gestehen, meinen Puls in die Höhe treibt. Ich sehe ihn vor mir. Etwas korpulent, was seine Attraktivität nicht schmälern kann. Sein Gang ist trotz seiner Leibesfülle leichtfüßig, sein Händedruck warmherzig, alles an ihm erinnert an den Chefarzt der Schwarzwaldklinik. Nur seine Leibesfülle ist nicht identisch, was für die langgezogenen Hälse der Knöpfe eine Zerreißprobe ist. Seine Höflichkeit ist außerordentlich. Bevor er das Untersuchungszimmer betritt, klopft er an, um Zeit zu lassen, die feuchten Hände an der Hose abzuwischen oder den obersten Knopf der Bluse zu öffnen.

Der Weg zur Praxis: Gerade aus, dann rechts um die Ecke. Der Wollschal um meinen Hals stöhnt unter der Hitze der Mittagssonne.

»Bitte klingeln«, steht an der verschlossenen Praxistür. Das ist neu. Der Klingelton ist schrill und fährt mir durch Mark und Bein, auch der Amsel auf dem Briefkasten, die panisch ihren Darm entleert.

Die Tür öffnet sich und als ich eintrete, beschleicht mich ein sonderbares Gefühl. Bin ich hier falsch?

Hinter dem Tresen ist gähnende Leere. Wo ist Maria? Wo sind die dekorativen Blumenbilder an den Wänden? Stattdessen das Poster eines Menschen, dessen Körperteile mit Nummern versehen sind, von den Füßen angefangen, aufwärts bis zur heraushängenden Zunge, auf der die Zahl 27 zu lesen ist. Nur der Ventilator ist mir vertraut und das grinsende

Schweinchen, aus dessen Schlitz das Ende eines Geldscheins schaut.

Und als ich mein Gesundheitskärtchen in diese Menschenleere hineinhalte, ertönt eine Stimme:

»Nein, danke, lass stecken, wir kennen Dich. Angelika, Körpergröße 153, Schuhgröße 36, 2 Zahnimplantate, ohne Appendix.«

Stimmt.

Ich stehe ratlos vor dem Tresen und versuche die sonore Stimme meines Hausarztes herbeizuzaubern, die mich seit Jahren mit dem gleichen Satz begrüßt: »Ach, da sind ja die süßen Öhrchen.« Und ich frage mich jedes Mal, was das Licht seiner Lampe in meinem Gehörgang findet?

Ich bin tief verunsichert.

Die Tür zum Wartezimmer steht spaltbreit offen. Wo sonst die Leute um die Stühle kämpfen, ist gähnende Leere. Nur ein Stuhl ist besetzt und ich frage mich, was hat eine Schaufensterpuppe in einem Wartezimmer zu suchen? Sie sieht mit starrem Blick auf ein Handy, das zwischen Daumen und Zeigefinger klemmt und plötzlich fängt es an zu vibrieren.

Eine Melodie ertönt. »Vom Himmel hoch, da komm' ich her.« Und ich frage mich, woher weiß das Handy, dass es das Lieblingslied meiner Geige ist?

Auf den anderen Türen kleben Schilder. Betreten verboten.

Nur zwei Räume scheinen zuständig zu sein. Zimmer 1 und Zimmer 2. Muss ich mich für ein Zimmer entscheiden oder werde ich aufgerufen und von wem?

Als ich mich in Bewegung setzen will, stoppt eine Stimme meinen Schritt. »Halt, aus Datenschutzgründen treten Sie bitte in die blinkenden Fußstapfen auf dem Boden. Danke.«

Eine Leuchtschrift erscheint über Tür Nummer 1. »Problemzone 27, bitte eintreten.«

Nachdem sich die Tür hinter mir geschlossen hat, empfängt mich ein riesiger Bildschirm an der Wand, in dessen Mitte ein leuchtender Punkt nervös flackert, was im Dämmerlicht gut zur Geltung kommt. Und während ich darauf starre, spüre ich einen Luftzug in meinem Nacken und ein schweres Atmen, das ich der Öhrchen-Lampe zuordnen könnte, wäre sie da.

Es kommt Bewegung in den Bildschirm. Der kleine, unruhig flackernde Lichtpunkt in der Mitte des Schirms breitet sich kreisförmig aus. Sein intensives Rot erinnert mich an das Foto eines Muttermals, in dessen Inneren es köchelt und speit. Als die Helligkeit in allen Ecken des Bildschirms angekommen ist, erscheint eine 27 und dann eine riesige Zunge, die sich aus einem weit geöffneten Rachen zu schieben scheint.

Sie zieht sich zurück. An ihrer Stelle ist das vertraute Gesicht meines Hausarztes zu sehen.

»Herzlich willkommen zur Zungendiagnostik«, sagt er mit einer Stimme, die fremd klingt, so fremd wie seine Lippenbewegungen aussehen, die den gesprochenen Worten hinterherhinken, als verstehe ein Bauchredner sein Handwerk nicht.

Und während ich meine Beschwerden schildere, wiegt er bedenklich den Kopf und bittet mich, näherzutreten und mit meiner Zunge den Bildschirm zu berühren. Vorsichtig schiebe ich meine geschwollene Zungenspitze über die Lippen, die sich über die Kühle des Bildschirms freut. Aber was im ersten Moment eine willkommene Kühlung ist, wird zum Albtraum. Sie scheint festzukleben.

Eine meditative Musik eilt zur Hilfe.

Leise, dann immer lauter werdend, versucht sie meine aufkommende Panik zu besänftigen: »Sie haben es fast überstanden. Nur noch ein bisschen Spucke bitte, ein bisschen mehr, sagt eine Stimme.«

Und plötzlich ist der Bildschirm voller Zahlen, die in rasender Geschwindigkeit von oben nach unten laufen. Als die Zahlen verschwunden sind, erscheint ein grüner Frosch. Er bläst seine Backen auf, ich bin Fritz, quak, drücke Reset. Eine fette, schwarze Schrift erscheint.

Diagnose: Glossophyrosis.

Verantwortlich dafür ist der Frosch im Hals. Was dafür spricht, sind die grünen Spuren auf der Zunge, die sich in den Ritzen der Stimmbänder verlieren.

KI empfiehlt: Drei Therapieansätze zur Auswahl, die da wären:

Dreimal täglich die Zunge unter den kalten Wasserstrahl halten oder einen Eiswürfel lutschen.

Jeden Morgen auf nüchternen Magen einen Ouzo trinken, was jeden Frosch vertreibt – garantiert. Und für einen Moment erscheint auf dem Bildschirm eine Ouzo-Marke, unverschämt, wie das Seitenbacher Müsli.

Die einfachste Variante: Spucke den Frosch in den Teich. Ende.

Auf dem Bildschirm erscheint eine Zahl und ein Hinweis.

»Das Entgelt für die Zungendiagnostik haben wir bereits von Ihrem Konto abgebucht.«

Und ich frage mich, woher kennen die meine Bankverbindung?

Und während ich ein Misstrauen in mir aufsteigen fühle, zieht sich die Helligkeit des Bildschirms in die Mitte zurück, dann ein unruhig blinkender Punkt, in dem meine Spuke klebt.

Kann ich gehen? Wo ist Maria? Wo ist mein Hausarzt?

Aus Zimmer 2 dringen Geräusche, die ich nicht einordnen kann.

Bevor ich gehe, werfe ich einen Blick in das Wartezimmer. Hat die Schaufensterpuppe ihren Stuhl gewechselt?

Von ihrem Handy ertönt eine freundliche Stimme.

»Danke für Dein Vertrauen und gute Besserung.«

Ich verlasse die Praxis.

Auf der gegenüberliegenden Straßenseite steht eine Frau und winkt mir zu. Sie hält ein Pappschild in den Händen. Darauf eine Warnung.

Einen Menschen der KI zu überlassen, kann den Tod bedeuten.

Die Weltgesundheitsorganisation warnt vor Behandlungsfehlern, Falschinformation oder Datenmissbrauch.

Ich krame meinen Taschenspiegel hervor und betrachte meine Zunge.

Ich sehe kein Grün.

EIN WORT

EIN WORT
INS AUGE GEFALLENES
SCHWARZ AUF WEISS
DAS IST
WAS BLEIBT.

VOM HIMMEL
FÄLLT HARFENKLANG
AUF BLASSROTE ROSEN

DAS IST
WAS KOMMT.

Der Brief

Er kam nicht mit der Post. Sie hätte ihn fast auf der Fußmatte übersehen. Erst stand sie mit verdreckten Schuhen drauf, dann hat der nasse Schirm ihn aufgespießt.

Der Absender: Oskar Lämmle, Am Busch 10, Sailauf.

Und sofort tauchte vor ihrem inneren Auge ihr Geburtsort auf. Wer mit Sailauf nichts anfangen kann, es ist eine Gemeinde im unterfränkischen Landkreis Aschaffenburg und liegt zwischen Hösbach und Laufach, umgeben von abwechslungsreicher Naturlandschaft. Dass es auf eine 900-jährige Geschichte zurückblicken kann, steht im Prospekt.

Ihre gemeinsame Kindheit dort war nie langweilig gewesen.

Sie hatte ihre Freundinnen und Oskar. Als sie älter wurden und ihre Kreise um den Ort immer größer wurden, nannten sie diesen Ort ein elendiges Kaff. Und nacheinander zogen sie weg von dort, bis auf Oskar.

Der blieb. Es dauerte 30 Jahre, bis sie dorthin zurückkehrte.

Der Grund war Oskars Brief, den sie am Tag des Begräbnisses ihres dritten Mannes vorgefunden hatte.

Es hatte geregnet, geregnet, geregnet. Ein Trauerspiel war es, wegen des Wetters, sonst natürlich auch. Obwohl, um ehrlich zu sein, es passte, man könnte sagen, es war Oskars allerletzte Pechsträhne. Nachts im Dunkeln die Treppe hinunterzuschleichen, um Claudias neues Versteck für Süßigkeiten zu finden, geht nur mit Licht.

Er hatte die ausgeschaltete Taschenlampe in der linken Hand, als sie ihn am nächsten Morgen fand, mit einer riesigen Kopfwunde, verrenkten Beinen, am unteren Treppenabsatz liegend. Man soll Toten nichts Schlechtes nachreden. Aber, ein Unglücksrabe war er schon immer.

Der Brief.

Er war gerade noch lesbar, weil die Fußmatte im Trockenen lag. Sie zog ihre nassen Schuhe aus und las:

Liebe Claudia,

als ich vom tragischen Tod deines dritten Mannes erfuhr, erinnerte ich mich an unser Versprechen, für immer zusammenzubleiben. Ich hoffe, es ist Dir ein Trost, wenn ich sage, dass meine Liebe zu Dir so groß ist wie am ersten Tag.

Was mich ermunterte Dir zu schreiben, ist nicht nur der Tod Deines dritten Ehemannes, sondern auch das zu erwartende Dahinscheiden meiner lieben Mutter, die seit Tagen schwer atmend in den Kissen liegt, und deswegen nichts dagegen hat, dass ich Dir schreibe.

Entschuldige meine zittrige Handschrift. Der Gedanke, dass das Bett neben mir bald leer sein wird, macht mich traurig. Zum Glück gibt es Dich, liebe Claudia. Bitte komm.

Dein Oskar

Ach ja, Oskar.

Ich sehe dich vor mir, lieber Oskar, im Sandkasten, wie deine Zunge den Rotz von den Lippen schleckt.

Da warst du fünf oder sechs und rund wie ein Hefekloß.

Das Haus seiner Mutter lag am Ende des Dorfes. Es hatte etliche Jahre auf dem Buckel, war von Efeu zugewuchert, bis auf die Haustür und die Fenster, deren heruntergelassene Rollläden sich nie zu bewegen schienen. Für mich war es das Hexenhaus. Es war gespenstig düster um das Haus herum, weil die Wipfel der Bäume ineinander verflochten waren und kaum Licht durchließen.

Wenn wir Oskars Namen riefen, schaute seine Mutter hinter dem Vorhang hervor. Wir mussten lange warten, bis die Haustür sich öffnete und Oskar über die bemoosten Betonsteine des Weges gelaufen kam.

Warum war das Tor immer abgeschlossen? Unsere Fantasie bekam Flügel, wenn wir durch den Maschendrahtzaun sahen. Was gab es zu verbergen? Einen gemeuchelten Ehemann? Tief gefroren in einer Kühltruhe oder getrocknet, im Sessel sitzend?

Doch Oskar fand immer einen Weg, sich davonzuschleichen.

Wir sagten: »Oskar, wir lieben dich.«

Der Beweis war eine Handvoll Gummibärchen.

Er liebte sie und kannte den Preis für dieses Geschenk ganz genau.

Er hatte wirklich nichts dagegen, den Reißverschluss seiner Hose zu öffnen und seinen Piepmatz durch die Maschen des Drahtes zu stecken. Er hatte sich weich und warm angefühlt, wie ein halbgares Bubenspätzle. Meine beiden Freundinnen fanden das auch. Es war ein Riesenspaß.

Am Ast eines Apfelbaumes hing ein Käfig. Wenn die Vögel darin verrückt spielten und panisch gegen die Stäbe flogen und das Gehäuse ins Trudeln kam, war Vorsicht geboten, was nicht nur an der Enge des Käfigs lag, sondern hauptsächlich eine Warnung war.

Was sie aufscheuchte, war Mutter Lämmle, die drohend aus der Haustür kam und uns daran hinderte, dem Oskar die restlichen Gummibärchen in den Mund zu stecken. Und zum Glück war der Zaun dazwischen.

Was eine Schlampe ist, wusste ich damals nicht.

Der Zwischenfall hatte Folgen.

Wir brauchten Wochen, um zu begreifen, dass es nichts bringt, am Zaun zu stehen und zu rufen: »Oskar, wir lieben dich«, und dabei mit einer Tüte Gummibärchen zu winken. Er kam nicht heraus. Dieser Spaß war vorbei. Nicht ganz.

Ein paar Jahre später, da waren wir fünfzehn oder sechzehn, hatten wir noch einmal Spaß.

Wir waren zu viert. Lisbeth, Gertrud, Anna und ich. Wir hatten uns in der Scheune von Bauer Heinrich getroffen, heimlich, und ließen die Flasche mit saurem Fritz kreisen. Dann fiel uns Oskar ein.

Abgemacht war, dass wir am Zaun unsere nackten Brüste zeigen. Wir hatten wirklich höllisch Spaß, zählten bis drei und riefen im Chor: »Oskar, wir lieben dich.« Gummibärchen hatten wir keine. Nur einen Rest vom sauren Fritz.

Alles blieb still.

Der Vogelkäfig am Baum war leer, bis auf den Berg Kot und ein paar Federn. Oskar war nicht zu sehen.

Wir schlossen Wetten ab, ob es Oskar war, der den Vorhang bewegte oder seine Mutter.

Was ganz sicher war, wir hatten zu viel vom sauren Fritz.

Wir kotzten vor den Zaun, alle zusammen. Bevor ich mit meinen Eltern in die Stadt zog, begegneten wir uns noch einige Male zufällig auf der Straße. Er lief auf der anderen Straßenseite, Arm in Arm mit seiner Mutter, und sah mich nicht. Ach, was für ein Paar.

Der Plan, den Oskar besuchen zu wollen, einer reinen Neugierde zuschreiben zu wollen, wäre nicht gerecht. Wer kann so einem Hilferuf widerstehen?

Der erste Besuch

Das Haus nach 40 Jahren wiederzufinden, war kein Problem.

Als Claudia vor dem Lämmle Haus steht, wundert sie sich über das offen stehende Gartentor, das früher stets verschlossen war und nun schief in den Angeln hängt, über den Maschendrahtzaun, der vom Efeu zugewuchert, kaum zu erkennen ist, wie das Schild »Zutritt verboten«.

Und sie hat die kreischende Stimme seiner Mutter noch im Ohr. Was eine Schlampe ist, wusste sie damals nicht.

Was war schon dabei, dass Oskar sein Bubenspätzle durch den Maschendrahtzaun steckt für eine Handvoll Gummibärchen.

Die Haustür, die immer verschlossen war, ist nur angelehnt.

Ist niemand da? Man kann die Stille schneiden, und dann hört sie Stimmen, was so übertrieben ist. Es ist ein leises Piepsen, dann ein raues Seufzen und Stöhnen. Was ist da los? Gibt es hier kein Licht? Claudia tastet sich vorwärts. Durch den schmalen Spalt einer Tür dringt schwach ein Licht. Als sie sie vorsichtig aufstößt, steigt ihr ein Geruch in die Nase, nach Mottenkugeln und fauligen Äpfeln.

Sie ruft: »Oskar, die liebe Claudia ist da.«

Als sich nichts rührt, öffnet sie die Tür ganz. In der Mitte des Raumes steht ein Doppelbett. Mutter Lämmles Ehebett, einwandfrei. Die rechte Bettseite ist ihre. Eine brennende Kerze auf dem Nachttisch bescheint das Bild mit dem Jesuskind und ihr Gesicht, das so grau und zerwühlt ist, wie das Bettlaken, das auf dem

Boden schleift. Ihr langes graues Haar liegt in zwei dünnen Zöpfen auf dem Kopfkissen. Sie öffnet ein Auge, es ist das linke. Will sie was sagen?

Ein mit Speichelbläschen umhülltes »Sch …, Sch …«, rutscht über ihre Unterlippe.

Es gilt ihr, keine Frage. Sie erinnert sich: Schlampe.

Und Oskar? Der quält sich aus dem Nebenbett, der Arme. Aus seinem kindlichen Speckbäuchlein hat sich ein enormer Rettungsring entwickelt, der beim Aufstehen aus der Seitenlage an die gewohnte Stelle rutscht, was mit Geräuschen einhergeht, die sich irgendwie über die Tonleiter verdrücken. Als er auf sie zuläuft, fangen seine Beine an zu zittern, weil sie zu dünn sind für den dicken Bauch.

Sie fängt ihn auf. Dabei rutscht sein platt gedrücktes Haarteil von der Kopfwölbung und hängt schief über dem linken Ohr. Ob er was sagte?

»Ach, liebe Claudia«, mehr nicht.

Und Mutter Lämmle schnauft. In großen Abständen stößt ihr Atem das »Sch« zwischen den Zahnlücken hervor. Dann wird es schwächer.

Und Oskar? Der lässt sich hängen. Er hängt wie ein nasser Sack in ihren Armen und heult.

Eine Küche hat etwas Beruhigendes, denkt sie.

Zwei überkreuzte Kochlöffel hängen an der Tür und ein Schild, das guten Appetit verspricht. Den Küchenbewohnern schmeckt es. Das grelle Licht der Deckenbeleuchtung stört sie nicht. Im Gegenteil, die Ameisen rennen, was das Zeug hält. Das Tischbein hinauf, für ein komplettes Frühstück, könnte man sagen. Sie schleppen die Brotkrümel zur Butter, dann zur Marmelade, und verschwinden in einer Tasse und alles geht von vorne los. Oskar braucht einen stabilen Unter-grund. Die Wahl des Stuhles fällt leicht. Ein Tablett mit einer Sammlung Kaffeesatz im Filter und gebrauchten Teebeuteln wiegt weniger, als ein Stapel Zeitschriften. Sie räumt das Tablett vom Stuhl auf den Tisch. Kaffeefilter und Teebeutel sind mit einem Datum versehen. Den Oskar nach dem Grund zu fragen, kann sie vergessen.

Der sitzt auf dem Stuhl und redet wirr.

Dann fallen mir die Gummibärchen ein.

Als ich die Tüte aus meiner Handtasche ziehe, beruhigt er sich.

»Ach, Oskar«, sage ich und lege ihm das erste Gummibärchen auf die raus gestreckte Zunge, und dann das nächste. Als die Tüte leer ist, fällt ihm Mutter Lämmle ein.

Zu spät.

Er hat ihren letzten Schnaufer verpasst.

Der zweite Besuch

Wenn einer wegen Schuldgefühlen in die Anstalt kommt, ist das ein Drama.

Der Ort, vor dem sie steht, ist eine Anstalt.

Nein, keine Badeanstalt, obwohl genügend Wasser vorhanden ist im breiten Graben, der sich um das Gebäude zieht. Das Wasser darin fließt träge und stinkt vor sich hin. Was darin versenkt wird, könnte man sich fragen?

Das Gebäude ist eine Festung mit einem Turm, auf dessen Spitze ein unzuverlässiger Blechhahn die Richtung zeigt. Mal tauscht der Norden mit dem Süden und so weiter und so fort. Als sitze jemand im Turm und spiele verrückt.

Der Name der Anstalt ist: Burg Freud im Grünen.

Das Grün ist irreführend, weil ein einziger Baum zu wenig ist. Wer falsch klingelt, bleibt draußen.

Kurz, kurz, lang ist richtig.

Dass ein Pförtner im Glashaus sitzt, ist nicht ungewöhnlich, dass er sein Gesicht versteckt, schon. Als sie an die Scheibe klopft, erschrickt er. Während eine Hand das grüne OP-Häubchen noch tiefer in die Stirn und den weißen Mundschutz noch höher zur Nasen-wurzel zieht, schwebt der Zeigefinger seiner anderen Hand über einem roten Knopf.

Zu wem sie will, fragt er.

Zu Oskar Lämmle. Er will ihren Ausweis sehen. Kann er.

Er will ihre Zunge sehen. Warum? Er steckt den Spatel beleidigt in die Tasche seines Hemdes und lässt sie warten. Unverschämt. Der Weg zum Pfefferspray ist kurz. Sie zählt bis zehn.

Endlich.

Als sie loslaufen will, sagt er: »Halt.« Sein nach unten gerichteter Zeigefinger deutet auf den Fußboden.

Das ist die Stelle, an der sich der Lämmle auf den Boden schmiss und nach seiner Mutter schrie, nur, weil der Wärter ihn eine Sekunde aus den Augen ließ. Die Diagnose lag auf der Hand.

Gallopierendes Oedipus Dilemma dritten Grades.

Sie weiß Bescheid.

In drei Etappen zur Größe

Wenn Sie den Wunsch haben, über sich hinauszuwachsen, liegen Sie mit diesem Dreiphasenmodell richtig.

Es zielt auf das naturgegebene, sozusagen in der Muttermilch enthaltene Verlangen des Menschen nach Größe, was auch die mit der Flasche großgezogenen mit einbezieht.

Aber es muss darauf hingewiesen werden, dass dieses Modell zugleich ein Experiment ist, für das es keine Erfahrungswerte gibt, bei dem die Gefahr besteht, im Schlamassel stecken zu bleiben, was heißt, dass die Laufschuhe im Schlamm stecken bleiben können.

Für das Anmeldeformular dieses Experiments ist außer der schriftlichen Einwilligung nur die Angabe der eigenen real bestehenden Größe wichtig.

Vorauszuschicken ist: Die Teilnahme erfordert eine gewisse Disziplin, die, wenn nicht vorhanden, die Abgrenzung der drei Etappen unsauber ineinanderlaufen lässt, was am Ende das Ergebnis verfälschen kann.

Die Teilnehmerzahl ist auf sechs begrenzt, wobei das Alter die 80 nicht überschreiten sollte, weil Etappe drei eine intakte Muskulatur verlangt.

Mitzubringen sind: feste Laufschuhe und Walkingstöcke, der Rest der Kleidung ist frei.

Treffpunkt ist um 9 Uhr am nördlichen Waldeingang, der nicht zu verfehlen ist, weil rechts davon eine abgebrannte Grillhütte den Eingang markiert.

Also: Es handelt sich um ein laufendes Experiment, das zugleich ein Laufen ist, das darauf besteht, am Start mit den Schuhspitzen die auf dem Weg liegende Markierung, das heißt, den blattlosen Ast einer Buche zu berühren, wobei die zwei Stöcke eine handbreit hinter den Schuhabsätzen zu stehen haben, was sozusagen eine Disziplin verlangt.

Das digitale dreimalige Rufen eines Kauzes heißt: Auf die Plätze, ein einmaliger Ruf ist das Startsignal für das Laufen, das mit dem rechten Bein beginnt. Sollte ein Teilnehmer die Körpergröße von 1,50 M unterschreiten und damit zu den Bedürftigsten gehören, entsteht kein Nachteil.

Er bekommt am Ziel zwei Zentimeter geschenkt.

Zur Erinnerung. Es geht um Größe.

Die Augen auf den durchgeweichten Waldweg gerichtet, die Gegebenheiten links und rechts davon ausblendend, auch wenn es ein schnaubendes Wildschwein ist, beginnt die erste Etappe, die verlangt, den Blick nicht vom Waldweg abzuwenden. Das konzentrierte Starren auf den Boden suggeriert, dass sich der Abstand zwischen schlammiger Erde und dem Laufenden verringert, was das Gefühl eines Schrumpfens hervorruft und eine aufkommende Angst beflügelt, im Schlamm zu verschwinden. Dieser Kleinzustand ist auszuhalten, da er die optimale Voraussetzung ist für den größtmöglichen Zugewinn an Größe.

Der Ruf des Kauzes beendet diese erste Etappe und erlöst von dem unangenehmen Gefühl sich zu verlieren, das, wie schon gesagt, notwendig ist für ein effektives Ergebnis. Es leitet zugleich die zweite Etappe ein, in der es gilt, die Augen in die Ferne zu richten, wobei es hilfreich ist, einen fixen Punkt zu suchen, den Blick sozusagen daran aufzuhängen, und es ist gleich, ob es die Kirchturmspitze am Horizont ist, oder ein entsorgter Gartenstuhl am Ende des Weges.

Es wird gewarnt, der Stellungswechsel der Augen von Phase eins zu zwei kann das Gleichgewicht ins Wanken bringen, wobei nicht auszuschließen ist, dass eine Teilschuld der blitzartigen Erkenntnis zuzurechnen ist, dass die eigene Ungröße kein Zuckerschlecken ist.

Die dritte Etappe gehört dem Himmel, bei der es ratsam ist, die Gehstöcke tief in den Schlamm zu rammen, während die Augen sich in den Himmel richten. Ein Vorgang, bei dem eine starke Armmuskulatur von Vorteil ist, wegen der Standfestigkeit, die garantiert, dass das Beiseiteschieben der dunklen Wolken gelingt, um den Zipfel einer rosaroten zu erwischen. Dann ist die maximale Größe erreicht.

Haustiertod

Die Ameise auf der Geranie saß,
sie hatte genug vom alten Leben,
tagein tagaus die gleiche Leier,
bei jedem Wetter auf und ab und
immer für die anderen sorgen.

Sie träumte von Freiheit,
vom süßen Leben.

Eine offene Terrassentür
fiel ihr ins Auge.

Dahinter eine Bücherwand,
zu deren Füßen eine Spur
mit Süßkram war.
Das Schlaraffenland.
Sie roch es gleich.

Kuchenkrümel süß und klebrig
sind dem Hausherrn
aus dem Bart gefallen,
als er heimlich Kuchen aß

Die Ameise fraß und fraß
ohne zu teilen.
Ob sie auch las?
Eine Leseratte wurde sie nicht,
nur fett und faul,
weil sie zu viel Süßkram fraß.

Ihr Schlaf war tief in der Ritze
des Buches.

Der Hausherr kam auf leisen Socken
in einer Hand ein Kuchenstück,
die andere griff das Buch,
in dem die Ameise im Tiefschlaf lag,
Ihr Haustierleben erlosch
mit nur einem Schlag.

Fantastisch logisch

Die Mittagszeit im Supermarkt ist ruhig.

Nur vereinzelt schieben sich die Einkaufswagen durch die Gänge, was allen Beschäftigten entgegenkommt, weil es Zeit für ein Ereignis war. Und es kam nicht infrage, der Magie des Augenblicks die kalte Schulter zu zeigen, obwohl das Schauspiel immer das Gleiche war, an dessen Ende sie kein bisschen schlauer sind.

»Show time!« Diese Ankündigung, lauthals über die Köpfe der Kunden hinweg gerufen, kam von Kasse Zwei und war an Kasse Eins gerichtet.

Dieser Ausruf hatte jeden Freitag den gleichen Effekt, der darin bestand, dass alles ins Stocken geriet. Die Lebensmittel, die auf das Band gehörten, blieben wie festgefroren in den Händen der Kunden stecken. Was hatte es zu bedeuten? Wer sich einen Reim darauf machen wollte, hatte die Wahl. Abzuwarten oder draußen vor dem Supermarkt die eigene Fantasie zu befragen.

Wem das besonders gefiel, war die Kassiererin von Kasse Eins.

Auf ihrem hellblauen Kittel war das Logo des Supermarktes aufgedruckt und darüber steckte das Namensschild. Hier bedient Sie Frau A. Blümlig, die gerade dabei war, die Zeit auf ihrer Armbanduhr mit der von der Decke hängenden Supermarktuhr zu vergleichen. Sie tat das jeden Freitag um diese Zeit. Es war sieben Minuten vor zwölf.

Der letzte Einkaufswagen an ihrer Kasse war das Schlusslicht und hatte wenig geladen. Sie lächelte der Mutter freundlich zu, auch dem kleinen Mädchen, dessen Augen hinter einer gelben Schwimmbrille verborgen waren. Aus ihrem halboffenen Anorak schaute der Kopf eines Stoffkrokodils heraus, das die schmatzenden Geräusche des durchgekauten Kaugummis ertragen musste, der sich hinter ihren Schokoladen verschmierten Lippen von einer Seite zur anderen wälzte. Dass das Mädchen ihr respektlos die Zunge zeigte, störte sie nicht.

Es ist drei Minuten vor zwölf. Wie von Geisterhand öffnet sich die Glastür des

Eingangs, obwohl kein Kunde zu sehen ist. Eine Taube kommt mit trippelnden Schritten hereinspaziert. Der Hinweis: »Für Hunde und Tauben verboten«, stört sie nicht. Sie lässt sich nicht verscheuchen durch Händeklatschen oder andere Geräusche. Unbeirrt fliegt sie auf die von der Decke hängende Supermarktuhr zu und nimmt Platz auf ihr. Von oben blickt sie zur Eingangstür und die Frage bleibt offen, ob sie Zuschauer oder Mitspieler ist.

Es ist Punkt zwölf. Das Aufeinandertreffen des kleinen und großen Uhrzeigers schien die gewohnten Geräusche des Supermarktes für einen Moment anzuhalten. Es trat eine kurze Stille ein. Der Theatervorhang konnte sich öffnen.

Herein kam er, der sehnlichst erwartet wurde, um den sich alles drehte, von dem die einen sagen, er sei eine pathologische Person, während die anderen nur die Achseln zuckten. Er scheint nichts zu bemerken von den verstohlenen Blicken, die auf ihm liegen und ihn bei jedem Schritt verfolgen.

Er nickte Frau Blümlig zu und hob die Hand zum Gruß, was in Anbetracht seines unnahbaren Wesens eine Seltenheit war. Die schlaffe Krempe seines braunen Lederhutes verdeckt seine obere Gesichtshälfte. Was deutlich zu sehen ist, ist ein dünnes Kinnbärtchen, dessen Haare man zählen konnte, in dessen Flaum sich jedes Lüftchen verfing. Ein langer Haarzopf ruht sich auf dem Rücken seiner Jacke aus. Es war nicht das grauschwarz gestreifte Muster seiner Hose, es waren die kreisförmig abgewetzten Stellen über den Knien, die auffällig waren.

Er hielt kurz inne und sah zur Supermarktuhr hoch. Ob sein Interesse der Uhrzeit galt oder der Taube, war schwer zu sagen. Es war Zeit, die Arbeit zu unterbrechen. Jeder an seinen Platz. Jedem Paar Augen eine Lücke zwischen Kaffee und Tee oder einem anderen Lebensmittel. Nur Frau Blümlig blieb sitzen. Die Kasse zu verlassen, war nicht erlaubt.

Als folge er einer inneren Stimme, so schien es, und da waren sich alle einig, begann ein Schauspiel, dessen Ablauf streng geregelt war.

Der Anfang seiner Einkaufsroute war wie immer. Sie führte an Regalen vorbei, die ihn nicht interessierten. An der Kuchentheke angekommen, blieb er stehen. Der Anblick des Kuchens schien ihn zu inspirieren. Jeder Kuchen bekam seine eigene Melodie, die er pfiff, die keiner kannte, und sie rätselten, ob es sich um einen pathologischen Wesenszug oder um ein Defizit ihrer eigenen Musikalität handelte.

Er schob den leeren Einkaufswagen an dem Regal vorbei, auf dem sich Gläser mit sauren Gurken türmten. Sein schläfrig wirkender Gang bekam Leben. Er beschleunigte seine Schritte und kam zu der Stelle, über dem das Schild »Dosensuppen« von der Decke hing. Dass sich dieses Schild bei seinem Anblick dreimal um die eigene Achse dreht, war nicht bewiesen.

Und alle wussten, was dann folgt.

Da, wo Erbsensuppe, Linsensuppe, Pichelsteiner und Ravioli in Reih und Glied standen, war er angekommen. Der obersten Reihe entnahm er eine Dose Erbsensuppe, in der nächsten eine Dose Linsensuppe, dann Pichelsteiner. In der untersten Reihe des Regals ging er in die Hocke, was vollkommen lautlos geschah, und es hatte seine Berechtigung, wenn die Zuschauer mit den Zeigefingern ihre Ohren verstopften, weil er blindlings die Raviolidosen in den Einkaufswagen warf, und es war beachtlich, weil kein Wurf daneben ging, und jeder Aufschlag war ein Paukenschlag.

Nach dem siebten Wurf erhob er sich und wischte sich den Staub von den abgewetzten Stellen seiner Hose. Die Vorstellung war beendet, die Lücken zwischen Tee und Kaffee wurden geschlossen und alles nahm seinen gewohnten Gang.

Frau Blümlig von Kasse Eins hatte die Paukenschläge mitgezählt. Verstohlen fuhr sie mit dem Kamm durch ihre Haare, was eigentlich verboten war. Dem Gerede ihrer Kolleginnen, dass sein Benehmen pathologisch sei, glaubte sie nicht. Er sei besonders, sagte sie, was sie zum Ausdruck brachte, indem sie mit einem Lappen das Fließband wischte.

Er legte die Dosen auf das gesäuberte Band, das sofort zu fließen begann.

Alles war wie immer, wie jeden Freitag um die gleiche Zeit.

Anstatt das Geld aus der Geldbörse zu ziehen, zog er ein zugeknotetes Taschentuch aus der Jackentasche, entwirrte es und ließ den abgezählten Betrag in ihre ausgestreckte Handfläche fallen. Die Dosen verstaute er in einer Plastiktüte, die gefährlich dünnhäutig wurde und schob seinen leeren Einkaufswagen zum Ausgang hin.

Das war der Schlussakt, normalerweise. Der Vorhang hätte sich schließen können. Aber da, wo das Fließband in einer Talfahrt endet, fand Frau Blümlig ein Journal. Dass diese Art Zeitschrift bei ihnen nicht zu kaufen war, sah sie mit einem Blick.

Das Titelblatt zeigte ein vertauschtes Rollenspiel. Ein Hund zieht, auf seinen Hinterbeinen stehend, an einer Leine die Miniatur eines Menschen hinter sich her, auf allen Vieren. Als sie auf der Rückseite den Aufkleber mit seiner Adresse sah, wusste sie, das konnte nur ein Wink des Schicksals sein.

Das Haus zu finden, in dem er wohnte, war kein Problem.

Das Journal in der Hand klingelte sie. Sie musste nicht lange warten.

Er öffnete so schnell, als hätte er sie kommen sehen.

»Vergessen«, sagte sie und hielt ihm das Journal entgegen.

Das Licht der Flurlampe fiel auf das Titelbild, auf das getauschte Rollenspiel. Diese Umkehrung gab es nicht.

Oder doch?

Während sie im Flur seiner Wohnung stand, hörte sie Geräusche, die durch den Spalt einer halboffenen Tür zu schlüpfen schienen.

Als er ihr erstauntes Gesicht sah, lächelte er. Es lag eine Feierlichkeit auf seinem Gesicht, als er die Tür ganz öffnete und ihr Einblick bot.

Am Küchentisch saß sein Hund auf einem Stuhl und speiste. Er ließ sich nicht stören, schaute nur kurz aus seinen bernsteinfarbenen Augen in ihre Richtung und fuhr fort mit dem, was er am liebsten tat. Schlürfen, schmatzen, klopfen, rülpsen.

Der Anblick war perfekt. Das Tischtuch war hellblau, wie das Seidenkissen, auf dem er saß, was ihm die richtige Höhe gab und eine majestätische Haltung sowieso.

Dass er wie ein König vor seiner Dose Ravioli thronte, wäre übertrieben, weil die tomaten- soßige Tischdecke nicht königlich war.

Während er fortfuhr, seine Schnauze in fast rhythmischen Bewegungen in der Dose Ravioli zu versenken, und ihm gelegentlich eine Ravioli auf den Boden fiel, traktierte sein Schwanz das hintere Stuhlbein im gleichen Takt. Das war das Klopfen. Sie fand es fantastisch, dass seine Pfoten manierlich neben der Dose lagen.

Wer sagt, ein Hund ist nur ein Hund und weiter nichts, der irrt.

Der Knopf

Ein Knopf ist ein Knopf.

Ob rund oder länglich, es spielt keine Rolle. Dem Stoff zur Zierde hat er keine Funktion. Seine Bestimmung ist klar. Er verbindet, was zusammen gehört.

Ein Bus, der aus allen Nähten platzt, lässt keine Wahl. Eingepfercht auf engstem Raum, die Vielfalt der Gerüche in der Nase, ist eine Tuchfühlung unumgänglich.

Die Frage, zu einer anderen Zeit zu fahren, stellt sich nicht.

Als sie in den überfüllten Bus einsteigt, wandern ihre Blicke über die Köpfe der Fahrgäste, über die glücklich Sitzenden und die Stehenden, die dicht gedrängt beieinander stehen und sich gegenseitig den Atem in den Nacken blasen.

Sie hatte ihn gleich erspäht, weil sein brauner Filzhut über die Köpfe der Leute ragte, dessen schlaffe Krempe Stirn und Augen verdeckte. Auffällig ist eine dicke Kordel anstelle des Hutbandes, braun und gelb ineinander verflochten, die sie an die Hundeleine ihres Hundes erinnerte.

Sie wäre ihm gerne näher gekommen, doch der überfüllte Bus ließ das nicht zu.

Der scharfen Kurve die alleinige Schuld zu geben, ist nicht korrekt.

Das Bremsmanöver des Busfahrers kam unerwartet. Wer freihändig stand, verlor seinen Halt. Wer saß, kippte vornüber. Sie stolperte haltlos vor seine Füße und gab der Plastiktüte zwischen seinen Schuhen einen Tritt. Im Stoff seiner Jacke fand sie Halt, was deren oberster Knopf ihr übel nahm. An einem dünnen Faden hängend, drohte er abzustürzen und legte unfreiwillig offen, was eigentlich verschlossen war. Sie war fasziniert, was zum Vorschein kam. Da, wo sein Hals auf das Brusthaar traf, sah sie die gleiche Kordel, braun und gelb verflochten. Der Anhänger daran war ihr nicht fremd, ein rundes Blech mit einer Jahreszahl.

Die Fahrt war zu Ende und ein Gedränge begann. Dem hielt der lose Knopf nicht stand.

Erschöpft ließ er sich fallen.

Sie hob ihn auf und ein Ereignis nahm seinen Lauf.

Die Frage, warum sie dem Mann hinterherlief, nachdem er ausgestiegen war, war überflüssig. Der Knopf war der Grund, was sonst?

Die durchsichtige Plastiktüte in seiner Hand pendelte im Rhythmus seines Ganges vor und zurück und dehnte sich unter der Last des Inhalts. Die Aufschrift der Dosen war deutlich zu lesen. Ravioli.

Sein schläfrig wirkender Gang bekam Leben. Das Ziel war erreicht. Haus 23 A. Er schloss die Haustür auf und verschwand. Und jetzt?

Die Lust auf mehr ließ es nicht zu, einfach umzukehren, auch weil die Geschichte hier nicht zu Ende wäre.

Dass es den Wink des Schicksals gibt, ist keine Frage. Sie stand und schaute gebannt auf die zahlreichen Fenster des Hauses und dann tat sich ein Vorhang auf, als sei es der Auftakt zu einem Bühnenstück. Sein hutbedeckter Kopf erschien. Applaus.

Die Wahl der Klingel war eindeutig richtig. Seine Wohnungstür öffnete sich. Er schaute auf ihre ausgestreckte Hand, auf der der Knopf mit einem Rest Faden lag. Sein Lächeln war verlegen, als er ihn entgegennahm, oder war es, weil sich ihre Hände leicht berührten?

Er bat sie in den Flur der Wohnung, unter dessen Lampenlicht sie sein Gesicht zum ersten Mal vollständig sah. Was dann passierte?

Durch den Spalt einer angelehnten Tür drangen Geräusche, die ihr bekannt vorkamen. Es war so ein Klopfen, Schlürfen, Schmatzen, und irgendwie klang es melodisch. Und als er ihr Lächeln bemerkte, öffnete er diese Tür weit. Sie war nicht überrascht von dem, was sie sah. Da saß sein Hund auf einem Stuhl, von zwei himmelblauen Seidenkissen in die Höhe gehoben, und es ist keine Übertreibung: Er thronte wie ein König an einem Tisch, dessen Tuch die gleiche Farbe hatte wie die Seidenkissen, wie die Stoffserviette, die im Nacken geknotet sein weißes Brusthaar schützte, während sein Schwanz das hintere Stuhlbein traktierte.

Er ließ sich nicht stören. Seine bernsteinfarbenen Augen blickten nur kurz in ihre Richtung, um dann fortzufahren, mit dem, was er am liebsten tat: Klopfen, schlürfen, schmatzen.

Sie hatte genug gesehen. Auf dem Nachhauseweg kam es ihr vor, als hinge sie an einer unsichtbaren Leine, an dessen Ende jemand zog und zog und erst aufhörte damit, bis sie unter dem Lampenlicht ihres Flures in die Hocke ging, in seine bernsteinfarbenen Augen sah, die um eine Belohnung baten, während sein Schwanz freudig den Teppich traktierte.

Ob die Geschichte glaubwürdig ist?

Ein Knopf ist ein Knopf, das stimmt.

Annas Puppe

Was hat eine Puppe im Bett eines Toten zu suchen?

Für die Stammtischler war das kein Thema. Für Puppen interessierten sie sich nicht. Nur für den Toten und sein leerstehendes Haus. Es sei ein Schandfleck. Der Punkt hinter ihrem Satz war dick und fett.

Es war kein unbeschriebenes Blatt, dieses Haus. Der rieselnde Putz von der Hausfassade, das kniehohe Unkraut im Vorgarten sprachen Bände und war ein Dorn im Auge für die Neuankömmlinge, die ihre Häuser frisch bezogen. Die Bruchbude abzureißen, um ein neues an seinen Platz zu setzen, wäre eine Möglichkeit gewesen. Doch der Alte ließ sich nicht vertreiben. Es war nicht sicher, ob es der Lauf eines Gewehres oder nur ein Besenstiel war, den er durch den geöffneten Spalt der Haustür schob und dabei schrie: »Ich mache Euch alle platt.«

Die Erinnerung daran gab der Stammtischrunde die Sporen. Ich konnte den

Hufschlag ihrer Pferde hören, die im Atemwind des Himbeergeistes ihren gemächlichen Trott in ein dumpfes Inferno verwandelten.

Sie brauchten einen Mitreiter, so schien es.

Sie luden mich an ihren Tisch ein. Ich nahm es an, weil ich ihnen so müheloser zuhören konnte, weil ich angefüttert war wie ein Huhn, das auf das nächste Korn wartet. Ich gab eine Runde Himbeergeist aus und eine nächste. So ritten wir im Galopp vereint in eine Familiengeschichte hinein, die hundertmal erzählt, immer noch spannend für sie war. Das Ungeklärte zu vervollständigen war kein Problem, der Geist aus der Flasche half aus.

Die Familienaufstellung durch die Stammtischler war perfekt. Drei randvoll gefüllte Gläser genügten, um Alfred Kasunke, Liliane und Anna auferstehen zu lassen.

Die Stimmen zu drosseln war unnötig – der alte Kasunke lag unter der Erde, seine Tochter war nicht auffindbar, ihre Mutter Liliane über alle Berge, aber das Haus war noch da.

Der Kasunke sei ein unverbesserlicher Querulant gewesen.

Nach dem Tod seiner Mutter, mit der er zusammengelebt hatte, war er auf die Pirsch gegangen. Herausgeputzt wie ein Pfau sei er gewesen, die Bügelfalten seiner Anzughose messerscharf, die rote Nelke an seinem Revers in voller Entfaltung, wie sein Einstecktuch, das aus der Brusttasche quoll.

Wenn so einer seinen heruntergekommenen Trainingsanzug mit einem Anzug tauscht, hat das seinen Grund. Und der hieß Liliane.

Liliane. Ich sah, wie die Stammtischler bei dem Namen vergaßen, ihre Münder zu schließen, so, als hätten sie eine heiße Kartoffel im Mund, während ihre Zungen außer Kontrolle gerieten und nicht aufhörten, die Lippen in kreisförmigen Bewegungen zu befeuchten.

Sie erinnerten sich genau. Liliane war mit dem Bus gekommen. Eine junge Frau, hochschwanger, über deren Bauchwölbung ein dünner Wollmantel spannte.

Ihr Gepäck bestand aus einem armseligen Rucksack, der so schlaff an ihrem Rücken herabhing, als sei er nur mit Luft gefüllt. Zielstrebig war sie auf die Gaststätte zugelaufen. Angekommen, setzte sie sich wortlos an den Tresen und wartete. Auf wen?

Die Wartezeit betrug zwei volle Gläser Wein. Als sie gerade ihr viertes Glas bestellen wollte, öffnete sich die Tür. Herein kam Kasunke.

Seine Begrüßung war das reinste Schmierentheater.

Ein Spaß sei es gewesen, zuzusehen, wie der Alte ihr vom Hocker half, sie um die Taille fasste, weil sie schwankte. Bei dem Wort Taille kamen die Stammtischler in Fahrt und es war nicht auszumachen, ob es das Wiehern ihrer Pferde war oder ihr eigenes Lachen. Dass die beiden in Kasunkes Haus verschwanden, war kein Beweis, das Ergebnis eines Vaterschaftstestes wäre es gewesen.

Regelmäßige Abendspaziergänge, an seinem Haus vorbei, hätten sie nicht schlauer gemacht.

Es war, als habe das Haus die beiden verschluckt.

Wenn ein Kind auf die Welt kommt, ist das ein freudiges Ereignis – normalerweise. Dass sie das »normalerweise« aussprachen, als sei zwischen jedem Buchstaben ein Unglück versteckt, hatte mich irritiert.

Den Zeitpunkt von Annas Geburt hatten sie nie klären können und entfachte auch jetzt noch wilde Spekulationen, die wie aufgescheuchte Vögel über den Stammtisch schwirrten, angefeuert von einem Himbeergeist, der seinen Atem in ihr Gefieder blies.

Es hatte sie alle überrascht.

»Das ist Anna«, hatte Kasunke gesagt und das Kind über den Zaun gehalten, als hätte er einen Pokal gewonnen. Auffällig klein sei sie gewesen, mit rotblonden Locken, in denen rosa Schleifchen steckten. Kasunke war stolz. Mit dem Kinderwagen sei er die Straße auf und ab gefahren, jeden Tag. Und jeden Tag das gleiche Prozedere. War der Alte außer Sichtweite, konnte man Lilianes Gestalt hinter dem Vorhang sehen. Sie öffnete das Fenster einen Spalt und blies Schwaden von Zigarettenrauch hindurch. Dass sie im Haus gefangen war, hätte man denken können, was so nicht richtig wäre, denn am Abend gab Kasunke ihr frei. Wohin sie fuhr, blieb ein Geheimnis.

Als dieser Wagen eines Tages den Heimweg nicht mehr fand, war Anna drei Jahre alt. Eine

Riesentraube bunter Luftballons schwebte an einer Kordel über dem Tor, das mit einem Schloss gesichert war. Sonst war Anna selten zu sehen. Es war, als halte sie der Alte unter Verschluss.

Der Vorwurf von Erziehungsfehlern sei reine Schikane, der fehlende Schulbesuch auch, was zur Folge hatte, dass man dem Kasunke Anna wegnahm. Das Internat sei beste Adresse, hatte er gesagt und seine Alkoholfahne in den Abendwind gehalten. Die beste Adresse für ihn war die Kneipe. Er hatte sich in den Tod gesoffen, das war Fakt. Und in die anschließende Schweigeminute hinein fiel der Satz: In diesem Haus war nichts normal. Was heißt nicht normal? Ihre Antwort war ein gemeinsames Füßescharren unter dem Tisch und Schweigen. Der Geist aus der Flasche hatte sein Werk vollbracht. In seinem Dunstkreis hatten die Gläser auf dem Tisch ihre Konturen verloren und mit ihnen: Alfred Kasunke, Liliane und Anna.

Schwankend, mit beschwerter Zunge, die eine Verabschiedung nicht zuließ, vergaßen sie ihre Pferde und torkelten alleine nach Hause.

Und ich blieb sitzen und versuchte meine Gedanken zu ordnen. Was dabei herauskam, war der zwingende Wunsch, mir das Haus vom Kasunke anzusehen.

Die Beschreibung der Stammtischler war exakt. Nur der Briefkasten, auf dem sich trockener Vogelkot türmte, hatten sie vergessen und das Hoftor, das offen stand.

Ein fremdes Haus ohne Erlaubnis zu betreten, ist Hausfriedensbruch, ich weiß. Dem Himbeergeist dafür die alleinige Schuld zu geben, wäre nicht gerecht. Das Haus zog mich einfach magisch an. Der hereinbrechende Abend gab mir Deckung. Geduckt schlich ich durch kniehohes Gras und wucherndes Unkraut, stolperte über einen alten Besen, lief auf wackligen Steinplatten balancierend zum Hintereingang, vor dessen Tür sich alte Schuhe türmten, die übersät waren von Glasteilen der maroden Überdachung.

Es waren sechs Stufen bis zur Tür und jede Stufe, die ich hinaufstieg, sagte: Verboten! Was kann verboten sein, wenn ein Zeigefinger genügt, eine Tür aufzudrücken? Ich betrat den Flur des Hauses, der gespenstisch dunkel war.

Spinnweben zogen über mein Gesicht und verfingen sich in meinen Haaren. Ein Stück Tapete ließ sich von der Decke fallen, als wolle es mich verscheuchen.

Eine der vier Türen war nur angelehnt. Der Geruch fauliger Äpfel drang durch ihren Spalt und als ich die Tür ganz öffnete, nahm es mir fast den Atem. Die Wand hinter dem Bett, dessen verschmutzte Laken auf der Erde schleiften, war übersät mit Fotografien von einem Mädchen mit rotblonden Haaren. Die Perspektive des Fotoapparates gefiel mir nicht.

Es hätte Annas Kinderzimmer sein können. Die leeren Bierflaschen am Bett und der volle Aschenbecher sprachen dagegen.

Dann entdeckte ich eine Puppe in den Laken des Bettes, kopflos, plattgedrückt und mir fielen die Stammtischler ein.

Der Kasunke sei im Bett gestorben, nach Tagen gefunden, auf dem Bauch liegend. Und als man ihn umgedreht habe, sei Annas Puppe zum Vorschein gekommen.

Als ich das Haus durch den Hintereingang verließ, war das letzte Tageslicht verschwunden. Das war gut.

Ich habe mich davongeschlichen wie ein Dieb. Gestohlen habe ich nichts. Was ich mitnahm, war ein mulmiges Gefühl.

Angelika Weimer

Brandherde

ISBN: 978-3-911085-02-1

Taschenbuch: 9,99 €

E-Book: 6,99 €

Wie ein Fremdkörper verfällt mitten in der gepflegten Vorstadtidylle das Haus vom alten Kasunke. Seit Jahren steht es leer. Jetzt kräuseln sich Rauchfahnen aus den Fenstern.

Eine Begegnung auf dem örtlichen Friedhof lässt den Icherzähler ins Fragen kommen. Stück für Stück enthüllen seine Nachforschungen das Schicksal vom alten Kasunke, von Liliane und ihrer Tochter Anna.